素山雜記

소산잡기

素山雜記

소산잡기

흙과 인문학의 만남, 그 30년의 회고

최상태 지음

나이 희수(齡喜壽)에 이르러
마음 따라 붓 가는 대로 써내려 간
知(아는 것), 好(좋아함), 樂(즐거움)의 일상들!

 북랩

책을 내면서

이 책 『소산잡기(素山雜記)』는 필자가 평소 생각하고 생활해 온 발자취를 담은 글이다. 지난 30여 년간 열정적인 '농협 맨'으로서 3農(농업, 농촌, 농협)의 현장을 살피는 기회가 되었 다면, 여생은 그동안 못다 한 '나'를 위한 유의미한 영역에 몰두하고 싶었다.

그 일환으로 한때는 인문학(人文學, Humanities)에 심취했었 다. 인문학이란 인간의 삶과 사상, 문화를 대상으로 하는 학 문 영역이다. 대체로 문학, 사학, 철학이 중요한 근간을 이루 고 있지만, 삶의 본질과 가치, 정치, 경제, 자유, 평등 등 사회 과학 분야도 포괄하면서 과학, 기술 부문과는 대칭되는 분야 이기도 하다.

이 인문학을 공부하기 위해 필자는 독학은 물론 이곳저곳 저명인사의 특강을 듣기 위해 부지런함을 떨기도 했다. 그런 과정에서 집사람(妻)이 늘 동반해 준 덕분으로 큰 어려움 없이 10여 년의 향학열을 불태울 수 있었던 것은 여간 다행한 일이 아닐 수 없다.

이 책은 필자의 집념(執念)이 낳은 결정체(結晶體)다. 책의 바탕에는 인문학의 가르침이 깔려 있고 그 방향에는 바람직한 한국 정치의 미래상과 지도자의 올바른 리더십을 제시하면서 정치인 또는 통치자가 좀 더 사(私)보다는 공(公), 소리(小利)보다는 대의(大義), 국리민복(國利民福)에 귀결되어야 한다는 점을 애써 강조했다.

글을 쓴다는 것은 참으로 어려운 일이다. 이번 기회를 통해 무딘 글재주에 대한 자탄(自嘆)과 창작(創作)의 어려움을 다시 한번 느낄 수 있었다. 그렇지만 옛 성현의 말씀 知之者不如好之者 好之者不如樂之者(지지자 불여호지자, 호지자 불여낙지자: 안다는 것은 좋아함만 못하고 좋아함은 즐기는 것만 못하다)에 용기를 얻어 이 한 권의 책을 낼 수 있게 된 것을 감사드리고 싶다. 바라건대 이 책을 발간케 도와준 가족, 친구, 지인 등 모든 분께 이 기회를 통해 고맙다는 말씀을 전한다.

한강변 우거(寓居)에서
최상태

차
례

제2장
후흑시대(厚黑時代)

제5장
출강(出講) 노트

제6장
'농협맨' 30년 발자취

제 1 장

주유산천

周 遊 山 川

인생은 소풍이라 했던가?

고즈넉한 산사山寺, 고적지古蹟趾,

산고 수려한 강산을 찾는 재미는 자연을 벗 삼고

내 몸과 마음을 닦는 수양의 길이었다

국내 적멸보궁寂滅寶宮 탐방기

오대산 월정사, 상원사 (1차)

오랜만에 오대산 명찰(名刹)을 찾았다.

월정사는 그 첫 관문인 일주문을 들어서면 먼저 울창한 전나무 숲길을 반기듯 만난다. 이 길을 따라 조금 더 걸어가면 몇 해 전 풍상을 이기지 못해 무너져 버린 수령 600년 묵은 전나무 형해(形骸)가 있다.

그 길을 따라 멀지 않은 곳에 금강교, 오대천, 팔각 3층 석탑이 보이면서 월정사(月精寺)의 본전 적광전(寂光殿)의 웅자가 한눈에 들어온다. 언뜻 옛 시구(詩句) '산천은 의구한데 인걸은 간데없다'라는 한 구절이 절로 뇌리를 스친다.

상원사(上元寺)는 옛 스님들이 다니던 선재길을 따라 가파른

계단에 이르면 '번뇌가 사라지는 길' 팻말이 나온다. 이어 산 중턱에 자리 잡은 문수전과 석탑, 조선조 예종 때 안동에서 이곳으로 옮겨왔다는 동종(銅鍾, 국보 제36호)이 유리막 보호 속에 위용을 떨치고 있다.

적멸보궁은 부처님의 진신사리(眞身舍利)를 모신 곳을 말한다. 오대산 정상은 해발 1,565m에 이르지만 상원사에서 적멸보궁까지는 산길로 무려 1.7km를 걸어야 한다. 이 길을 따라 오르려면 내 발걸음으로 대충 2천여 돌계단을 밟아야 한다.

돌계단 주변에는 석상(石像)에서 들려오는 독경 소리와 연꽃 무늬 조화가 어우러져 숨이 턱에 닿는 길손에게 부처님의 숨결을 느끼게 하는 듯 평안을 준다. 드디어 정상에 당도하면 부처님의 진신사리는 법당 안에 있지 않고 뒤편 중대 사자암에 따로 모셔져 있어 금족령으로 가볼 수 없다.

먼 길을 나서 부처님을 뵈려 한걸음에 달려왔지만, 지척이 천리 되어 합장(合掌)으로나마 불심을 다지면서 돌아서는 발걸음은 무겁기만 했다.

色不異空 空不異色　　색불이공 공불이색
色卽是空 空卽是色　　색즉시공 공즉시색
〈般若心經〉　　　　〈반야심경〉
色(물질)이 空(정신)과 다르지 않고

공이 색과 다르지 않으니

색이 곧 공이요 공이 곧 색이니

색수상행식(色受想行識)[1]도 그러하리라.

白雲千里萬里 猶是同雲   백운천리만리 유시동운

明月前溪後溪 嘗無異月   명월전계후계 상무이월

구름은 천리만리 덮어져 있어도 구름일 뿐이고

달은 앞내 뒷내 비쳐도 다른 달이 아니로다

참고로 우리나라 5大 적멸보궁은 양산 통도사, 영월 법흥사,
정선 정암사, 설악산 봉정사, 오대산 상원사에 모셔져 있다.

〈 2021. 9. 21. 〉

---

1   불교에서 '나란 무엇인가?'에 대한 답변, 일체의 존재(사람의 몸)는 오온(五蘊) 즉, 색
(육신), 수(감수 작용), 상(표상 작용), 행(마음 작용), 식(인식 작용)이 모여서 쌓인 결
과로 무아(無我)임을 일깨워 주는 가르침을 말함.

정선 함백산 정암사 (2차)

천고마비 계절에 지난번 오대산 월정사, 상원사에 이어 이번엔 정선 정암사, 영월 법흥사 탐사에 나섰다. 국도를 달리는 차 창 너머로 가을 황금빛 물결의 정취가 물씬거린다.

잘 포장된 도로와 예전과는 다른 깔끔한 현대식 농가들이 수려한 강원도의 풍경과 잘 어우러져 탐사 길을 즐겁게 부채질하고 있다.

정암사는 신라 대국통(大國統) 자장율사(慈藏律師)가 창건한 월정사의 말사(末寺)로서 일명 갈내사(葛來寺)라고도 한다.

이 절 입구 일주문을 들어서면 선불장, 종루, 무량수전, 자장각, 삼성각 등이 얼굴을 맞대고 있다. 이중 적멸보궁은 신라 선덕여왕 때 자장율사가 석가모니 불사리를 따로 수미노탑(塔)에 봉안하여 법당에는 불상을 모시지 않고 있다.

> "바람이 불어 비구름 몰아내듯……
> 백두대간 첩첩산중 함백산에 우뚝 선
> '국보 제332호 수미노탑'"
> 사바세계 모든 생명의 간절한 기도와 염원을 모아
> 극락세계를 연다고 했다.

〈단종의 유지(遺址), 청령포(淸泠浦)〉

정암사를 뒤로하고 한 시간여 법흥사로 가는 길목에 단종 (端宗)의 유배지 청령포를 찾았다. 단종은 문종의 아들로 12세 때 왕위에 올랐으나 숙부 수양대군의 계유정난(1453년)으로 상왕으로 물러났다.

이듬해 성삼문, 박팽년 등 사육신(死六臣)들의 복위운동(復位運動) 실패로 노산군(魯山君)으로 강봉되어 이곳 영월 청령포로 유배되었다. 여름철 장마에 잠길 우려가 있다 하여 객사 관풍헌(觀風軒)으로 잠시 거처를 옮겼으나 4개월 뒤 세조가 내린 사약을 받고 17세 어린 나이로 승하하셨다.

한반도 지형을 닮은 청령포는 3면이 강(江)으로 둘러싸여 천혜의 유배지로 이름난 곳이다. 지금은 강폭 20여m를 동력선 (動力船)을 타고 들어서면 울창한 송림이 마치 임금님에게 충성을 맹세하듯 북쪽을 향해 줄지어 서 있다.

이어 단종의 어소(御所)임을 말해주는 단종유지비(端宗遺趾碑), 15세 소년이 한양을 바라보며 시름을 달랬다는 노산대(魯山臺), 외인의 접근을 금하기 위해 영조가 세웠다는 금표비(禁標碑), 어린 시절 단종이 놀고 지냈다는 관음송(觀音松)이 하늘을 찌를 듯 솟아 있다.

단종의 묘 장릉(莊陵) 참배는 시간에 쫓겨 뒤로 미뤘다. 옛 초등학교 시절 학예회 때 연극 「단종애사」(端宗哀史)에 참여했던 필자로서는 이번 탐사 길이 한때의 옛 추억을 회상할 좋은 기회가 되었음은 물론이다.

영월 사자산 법흥사 (2차)

무릉도원이라 불리는 법흥계곡을 지나 법흥사(法興寺)로 가는 길에는 양편에 캠핑장이 수두룩 줄지어 자리 잡고 있다. 현재는 불청객 코로나로 찾는 이가 없어 정적만 감돌고 있지만, 한때는 문전성시로 날 새는 줄 몰랐다고 한다.

법흥사 본전 뒤로는 연화봉이 온화하게 감싸고 있으며 구봉대산이 병풍처럼 둘러싸여 있다. 이 절 역시 일주문을 들어서면 후덕한 고승 포대화상(布袋和尙)이 넉넉한 웃음으로 반긴다.

지팡이 끝에 커다란 자루를 메고 다니면서 가난한 사람들에게 자루 속에 담긴 생필품을 나누어 주었다고 해서 포대화상이라 불렸단다. 이 절 적멸보궁은 쭉쭉 뻗은 소나무 길로 올라가면 금방 나온다. 삼국유사(三國遺事)에 따르면 일찍이 자장율사가 중국 오대산에서 문수보살을 친견하고 그때 부처님 사리 100과, 가사 한 벌을 당(唐)나라로부터 가져와 이곳저곳 옮겨 다니며 기도하면서 적멸보궁을 세웠다고 한다.

'온갖 번뇌와 망상이 적멸하는 보배스러운 궁(宮)'. 사자산 법당 뒤편 어딘가에 묻혀 있을 부처님 진신사리를 모신 적멸보궁은 이 땅의 중생들을 계도하고 자비를 베푸는 영험한 존재가 아닐까 싶다.

심산유곡은 해가 금방 떨어진다. 옷깃을 여미고 하산할 때, 노(老)스님 한 분을 수행하는 잘생긴 견공(犬公)을 만났는데 후문한 결과 이름이 '보리'라고 했다.

한동안 보리와 묵언 인사를 주고받은 필자는 저 심연(心淵) 밑바닥에서 우러나오는 염화시중(拈華示衆: 말이나 글에 의하지 않고 이심전심으로 뜻을 전하는 미소)을 느꼈다면 지나친 말이 될까?

지난번 오대산 중대 탐사 길은 발(足)이 힘들었다면, 이번 정암사와 법흥사 때에는 자동차가 힘든 탐사 길이 되었다. 서둘러 석양을 뒤로하고 귀경하는 발걸음은 가볍기만 했다.

〈 2021. 10. 16. 〉

양산 영취산(靈鷲山) 통도사 (3차)

- 불지종가 국지대찰佛之宗家 國之大刹

올해(신축년)가 다 가기 전 5大 적멸보궁 3차 탐사에 나섰다.

이번 행선지는 한반도 남녘땅 끝머리에 있는 양산(梁山) 통도사(通度寺)이다. 서울에서 편도로 천 리 길(약 400km)에 있는 이곳을 찾느라 나는 새벽부터 애마(愛馬)에 몸을 싣고 여명을 뚫으며 만추의 경부고속도로를 쉼 없이 달렸다.

양산 통도사는 3 보(宝), 5 적멸보궁(寂滅寶宮), 5 총림(叢林)에 속하는 대표적 사찰이다.

3 보는 법보(法宝) 해인사, 불보(佛宝) 통도사, 승보(僧宝) 송광사가 이에 해당하고 5 적멸보궁은 부처님 진신사리를 모신 통도사, 상원사, 정암사, 법흥사, 봉정암(설악산)이 이에 속한다. 5 총림은 승려들이 참선 수행하는 선원(禪院), 경전을 가르치는 강원(講院), 계율을 교육하는 율원(律院)을 함께 갖춘 큰 절(해인사, 통도사, 송광사, 수덕사, 백양사)을 말한다.

절 이름 통도사는 몇 가지 유래가 있다.

삼국유사(三國遺事)에 따르면 하나는 此山之形 通於印度 靈鷲山形(차산지형 통어인도 영취산형: 이 절이 위치한 산세가 부처님께서 설법하시던 인도 영취산과 모습이 통한다)라는 설과 둘은 爲僧者 通而度之(위승자 통이도지: 승려가 되고자 하는 사람은 이 절 '금강계단(金剛戒壇)'을 통과해야 한다)라는 의미이다. 마지막 셋은 '모든 진리를 회통하여 일체의 중생을 제도한다'라는 뜻으로 통도사(通度寺)로 이름 지었다고 한다.

통도사는 신라 자장율사가 당(唐)나라에 유학한 뒤 귀국하여 신라의 대국통(大國統)이 되어 선덕여왕의 명을 받들어 창건했다. 이때, 부처님의 진신사리[불두골, 불사리 100과, 지절(指節, 손가락 뼈), 친착(親着, 금관 가사 등)]를 쌓아 봉안하고, 승려가 되려는 자 득도케 하며 창건의 정신적 지주로 삼아 오늘날까지 보존되고 있다.

참고로 금강계단은 음력 초하루~초삼일, 음력 보름날(음 15일), 지장제일(음 18일), 관음제일(음 24일) 오전 11시~오후 2시까지만 개방된다.

통도사 경내는 수려하고 웅장한 규모를 자랑한다. 구역 내 12개 법당과 50여 개 전각들은 단청(丹靑)을 하지 않아 고색창연한 자연미를 뽐내고 있다. 대부분 임진왜란 때 소실된 누각들은 근세에 재건축되었으나 예스러운 멋과 맛은 여전하다.

더욱이 경내에 산재해 있는 대웅전, 금강계단, 장경각, 5층 석탑, 봉발탑, 세존비각, 팔정중도(八正中道), 석비(石碑), 부도원, 성보박물관, 사명암, 서운암, 백련암 등은 수많은 여행객이 그냥 지나치지 못하게 손을 잡아 이끄는 듯하다. 하물며 매화, 국화, 단풍나무는 고즈넉한 산사(山寺)의 경관과 어우러져 한때 잘 나갔던 시절을 아쉬워하는 듯하다.

〈해중능(海中陵) 대왕암(岩)〉

주마간산(走馬看山)격 일별하고 귀갓길에는 울산 대왕바위 국립공원을 둘러보았다. 대왕암은 신라 30대 문무대왕(文武大王)이 평소 "나는 죽은 뒤 호국대룡(護國大龍)이 되어 나라를 수호하겠다"라고 유언하고 승하하시자 동해국 대왕석에서 장사를 지내니, 용(龍)으로 승천하여 나라를 지켜 이 해중능(海中陵)을 문무 바위라 했다. 이후 대왕의 왕비도 삼국통일의 위업을 달성한 지아비를 닮아 돌아가신 뒤 호국룡(護國龍)이 되어 후세 사람들이 이를 대왕 바위(岩)라고 불렀다.

대왕 바위 암석 모양은 그야말로 만물상(萬物像)이다. 리아스식 해안도 볼만하지만, 출렁다리를 가설하고 데크로 장식된 해안산책로, 해녀 촌 먹거리, 맛집 등은 도시민의 휴게소로 흠잡을 데 없는 명소가 되고 있다. 언젠가 부산-경주-포항을 거쳐 가는 여행객들이 한 번쯤 다녀가 볼 만한 곳으로 추천하고 싶다.

곧 겨울이 닥쳐와 설악산 봉정암은 몇 년 전 다녀온 것으로 갈음하고 서둘러 귀갓길로 서울을 향했다.

〈 2021. 11. 22. 〉

철원 한탄강
물윗길浮橋을 아시나요?

　입춘을 며칠 앞두고 천혜의 비경을 간직한 철원 한탄강 물
윗길을 다녀왔다.

　한탄강은 강원 평강군에서 발원, 경기 연천군을 지나 임진
강으로 흘러드는 전장 136km 물줄기를 말하며 2020년 7월
UNESCO로부터 세계 지질공원으로 인증받은 곳이다. 트레
킹 코스로는 편도 약 8km(태봉대교 → 은하수 → 송대소 → 승일교
→ 고석정 → 순담 대교까지, 물윗길 2.4km, 육로 5.6km)에 이르나 이
번 탐방은 주차 관계로 승일교를 반환점으로 되돌아올 수밖
에 없었다.

물윗길 풍광들

철원 한탄강 물윗길은 이 강(江) 양편의 멋진 풍광을 볼 수 있게 가설한 뜬 다리(浮橋)와 그 옛날 화산 폭발로 뜨거운 용암이 흘러내린 수직 기둥의 주상절리(柱狀節理)가 유명하다. 또한 송대소 인근에는, 일부 구간 스카이워크(Skywalk)가 가능한 1주탑 비대칭 현수교 형식인 '은하수교'가 위용을 자랑하고 있는가 하면 우보천리(牛步千里) 쉬엄쉬엄 걷는 동안 수많은 기암절벽과 만물상 괴석들이 서로 뽐내듯 얼굴을 내밀고 있다.

6.25 전후, 남북 합작품으로 건설된 승일교(이승만+김일성 이름을 조합)는 분단의 아픔을 넘어 통일의 염원을 달래는 아쉬움을 남겼다.

승일교를 지나면 물윗길의 명소 '고석정'이 나온다. 정자에서 내려다보는 비경과 선착장에서 배를 띄워 물줄기를 따라 풍류도 즐길 수 있겠지만 이번 여행길에는 여의치 못해 아쉬움을 남겼다.

태봉국(泰封國) 궁예(弓裔)의 회한

철원 하면 태봉국을 건국한 궁예의 일생을 빠트릴 수 없다.

궁예는 신라 말기 왕가서족(王家庶族) 출신으로 왕위 계승에 밀리자, 강원도 영월 세달사(寺)로 피신, 승려가 되었으며 이때 스스로 선종(善宗)이라 불렀다.

이어 궁예는 당시 후삼국시대의 난세를 틈타 후고구려(901년) → 마진(摩震 904년) → 태봉(泰封 911년)으로 국호를 변경하며 18년간 왕위에 올랐다.

그는 왜 권좌(權座)에서 쫓겨났을까?

이때 궁예는 스스로 미륵불(彌勒佛)이라 과신하며 나중에는 상대의 마음까지 읽는 관심법(觀心法)을 터득했다고 했다. 이에 따라 자기 부인 강(康) 씨가 다른 남자와 사통했다는 죄명을 덮어씌워 불로 달군 쇠꼬챙이로 음부를 찔러 죽였는가 하면 두 아들마저 함께 죽일 정도로 미치광이 짓을 했다.

궁예가 세운 태봉국은 905년 송악에서 철원으로 천도했다. 당시 철원성(城)은 내성(內城)과 외성(外城)으로 둘러싸여 그 규모가 광대했으며 궁궐의 사치도 극치에 달했다. 918년 왕건(王建)이 고려국을 세워, 역성혁명(易姓革命)을 일으키자 결국 궁예도 풍전등화(風前燈火)의 신세가 되었다. 쫓기는 몸이 된 궁예는 산고수려(山高水麗)한 명성산(鳴聲山) 산정호수(山頂湖水)까지 도달했지만 배고픔을 이기지 못해 인근을 헤매다 백성들에게 발각되어 최후를 맞았다 한다.

大好 鐵原! 철원 짱!

돌아오는 「한여울길」에는 데크 주변의 쾌적한 문화주택과 울창한 숲, 수천 년 전 궁예가 세운 「태봉국」의 이름을 딴 「태봉대교」가 있으며 기암절벽 아래에는 누군가 쓴 눈(雪) 글씨가 한눈(眼)에 들어온다.

'大好 鐵原! 철원 짱!'
Do you know basalt?
현무암을 아시나요?

〈 2022. 1. 25. 〉

겨울 바다 이야기

문득 겨울 바다가 보고 싶다.
바람, 파도, 햇살이 부서지는 겨울 바다는
낭만이 흐르며 숨이 틔는 곳이다.

해천백납(海川百納)
태양은 자신을 위해 비추지 않고
나무는 자기 열매를 먹지 않듯
바다는 온갖 물을 다 받아들인다.

사람도 이와 같다.
樂山之仁者 樂水之賢者(요산지인자 요수지현자)
산은 만고불변(萬古不變) 어진 이를 칭하며

물은 지족상락(知足常樂) 밝은 이를 말한다.

반사회적 인격장애자(Sociopath)가 날뛰는
험한 세상이지만 산과 바다는 내 삶의 스승이요
엄마의 품속과 같다.

해변의 명승(名勝), 하조대(河趙臺)

동해안 양양(襄陽) 땅은 두어 시간 거리에 있다. 서울에서 민자(民資) 고속도로를 달리다 우리나라 최장 인제~양양 간 터널(11km)을 지나다 보면 어느새 도시가 얼굴을 내민다. 양양에는 8大(남대천, 대청봉, 오색령, 주전골, 하조대, 휴휴암, 죽도정, 남애항) 관광지가 있다. 이중 하조대에는 짙푸른 동해를 끼고 기암절벽이 우뚝 솟으며 노송이 어우러져 절벽 위에 서 있는 육각정을 말한다.

일찍이 조선의 개국공신 하륜(河崙)과 조준(趙浚)이 이곳에서 만년을 보내며 청유(淸遊)하던 곳이다. 주변 경관 못지않게 일몰 일출 또한 압권(壓卷)이라 하여 해마다 이곳을 찾는 이가 인산인해를 이룬다.

〈인근 가볼 만한 명소(名所)들〉

❖ 애국송(愛國松): 정자 앞쪽 해안 암초에 서 있는 해송(海松)
은 우리나라 애국가 동영상 속에 소개된 수령 200년 묵
은 고목이다.

❖ 휴휴암(休休庵): 일상의 번뇌를 내려놓고 쉬고 또 쉬라는 뜻
의 작은 암자. 5년여 전 홍법스님이 이곳에 달랑「묘적전」
법당 하나를 세운 이래, 바닷가에서 누운 관세음보살 형상
의 바위가 발견되면서부터 기도처로 이름난 곳, 한국적 사
찰이라고 보기엔 이국적 냄새가 물씬 풍긴다.

❖ 죽도정(竹島亭): 4계절 송죽(松竹)이 울창하다는 죽도정. 해
안 풍경을 한눈에 볼 수 있는 조립식 전망대에서 멀리 백
두대간(白頭大幹)의 능선이 보인다.

❖ 남애항(港): 강원도 3대 미항(美港) 중 하나이다. 동해시 추
암(秋巖)과 함께 해돋이 전망소로 알려져 있으며 여기서도
백두대간이 남북쪽으로 맥맥히 흐르고 있다.

이곳의 맛집은「어민 후계자 맛집 10호(033-671-7535)」. 시식
한 결과 전복죽, 가자미회(세꼬시), 미역, 가리비의 그 풍미 또
한 일품이며 이 가게 벽에 걸린 서화가 남애(南涯, 전 한국은행
인사부장) 선생의 작품 또한 눈길을 끈다.

명불허전(名不虛傳) 낙산사(洛山寺)

낙산사는 신라 문무왕 때 의상대사(義湘大師)가 창건, 이후 6·25전쟁 때 한 차례 소실, 2005년 또 큰 산불로 인해 원통보전(圓通寶殿) 등 전각 대부분과 동종(銅鍾)이 소실된 것은 이미 다 아는 바이다.

이 절 중심 법당은 원통보전이다. 원통보전에는 관세음보살상이 주불(主佛)로 봉안되어 있고 주변에는 7층 석탑, 원장(법당을 둘러싼 담장), 보타전, 원통보전, 해수관음상과 함께 우리나라 대표적 관음성지(觀音聖地)이다.

❖ 해수관음상(海水觀音像): 높이 15m, 둘레 3m 정도의 거대 불상이다. 6년 6개월 만에 조각가 권정학 씨가 완성하였고 관음보살상이 백두대간에 서서 동해를 바라보고 있다.

❖ 의상대(義湘台): 의상대사의 업적을 기리기 위해 건립, 앞으로는 푸른 동해, 뒤로는 낙산의 웅장한 소나무를 배경으로 경관이 뛰어나다.

❖ 홍련암(紅蓮庵): 의상대사가 낙산사 창건에 앞서 관음보살의 진신을 친견한 장소. 동굴 속에서 7일간 기도 중 바다 위에 붉은 연꽃(紅蓮)이 솟아나 이곳에 암자를 세우라는 암시를 받고 홍련암을 세웠다고 한다. 암자 마룻바닥에 뚫린 구멍 사이로 동해가 보인다.

신선이 놀고
구름이 쉬어 가는 곳
아! 낙산사(洛山寺)여!

　　　紅蓮庵 柱聯　　　홍련암 주련

白衣觀音 無說說　　백의관음 무설설
南巡童子 不聞聞　　남순동자 불문문
瓶上綠楊 三際夏　　병상녹양 삼제하
巖前翠竹 十方春　　암전취죽 십방춘

백의관음을 말없이 설법하고
남순동자 들어주시네
병 속의 버들가지 언제나 여름
바위 앞 푸른 대나무 온 세상 봄

〈 2021. 9. 15. 〉

그 섬島에서 살고 싶다

산과 바다가 공존하는 곳,

고군산군도(古群山群島)를 아시나요?

그곳은 전북 군산에서 남서쪽으로 50km 떨어진 16개 유인

도 47개 무인도로 구성된 천혜의 해상공원을 일컫습니다.

서울서 서해안 고속도로를 따라 3시간여 달리다 보면 그곳

에는 메인 코스인 아미도 - 신시도 - 무녀도 - 선유도 - 장자도

- 대장도 등이 새만금(新萬金) 방조제로 이어지는 수려한 해상

절경과 만날 수 있습니다.

살펴보면 다음과 같습니다.

❖ 아미도: 군산~부안을 잇는 세계 최장 방조제(33.9km)를 축

조, 간척 토지를 조성하여 우리나라 지도를 바꾼 대역사(大役事)의 현장을 볼 수 있으며 기념 조형물이 전망대(View Point)로 눈길을 끌고 있습니다.

❖ 신시도: 고군산군도의 풍광이 한눈에 들어오는 신시도는 원래 섬(島)이었으나 세계 최장 방조제 건설로 육지와 연결되어 이른바 관광명소가 되었습니다. 특히 국립 신시도 자연휴양림은 힐링하려는 탐방인들에게 한 폭의 그림 같은 월영단풍(月影丹楓)을 보여주기도 하지요. (안내소: 063-464-5580)

❖ 무녀도: 섬 인근에 있는 쥐똥섬이 만조 시에는 물에 잠겼다가 간조 시에는 바닥이 드러나 일명 '모세의 길'로 이름나 관광객이 끊일 날이 없다네요.

❖ 선유도: 본래 군산도였으나 경치가 좋아 선유도로 개명되었습니다. 선유도 해수욕장에서 솔섬까지 약 700m에 이르는 선유 스카이(일종의 짚 라인)가 모습을 자랑하고 있으며 물속까지 훤히 비치는 청정 옥돌 해변, 그 옛날 한양 땅에서 내려온 선비가 임금을 그리워하며 올랐다는 망주봉(望主峰, 104.5m) 또한 자태가 아름답습니다.

❖ 대장도: 본 섬을 찾는 이는 대장봉(142.8m)을 오르는 길목에 깔끔한 펜션 단지와 현대판 망부석(望夫石)인 장자 할매 바위를 만날 수 있으며 훤히 트인 서해사방(西海四方)의 쪽빛 청정 물결에 넋을 빼앗길 정도라고 합니다.

이외에도 군산(群山)은 일제 강점기 구한말(舊韓末)의 귀한 쌀을 일본에 공출하는 수송지로서 참혹한 일제의 수탈과 압박을 받은 흔적이 아직도 잘 보존된 역사의 도시이기도 합니다.

〈 2022. 4. 12. 〉

❖ 4계(季)를 걷는 下心의 시간들

정조대왕의 꿈,
수원 화성華城을 걷다

늦가을 추색(秋色)을 즐기며
하루를 소요유(逍遙遊: 놀며 쉬면서 어슬렁거림) 하는 데는
수원 화성이 안성맞춤이다.

수원 화성은 조선의 개혁 군주 정조대왕(正祖大王) 미완(未完)
의 꿈이 서린 곳이다. 수원의 중심에 위치하고 길이 약 5.7km
성곽을 따라 둘레길을 걷는 것이다.

효심(孝心)과 애민정신(愛民精神)이 지극한 정조대왕의 숨결
을 따라 토목건축의 백미를 보여준 다산(茶山) 정약용(丁若鏞)
의 빼어난 과학성도 돋보인다.

〈수원 화성의 명소(名所)들〉

❖ 4개의 관문(關門): 東(창룡문), 西(화서문), 南(팔달문), 北(장안문, 正門)

❖ 2개의 수문(水門): 북수문(화홍문), 남수문

❖ 2개의 조망대(眺望臺): 동장대(練武臺), 서장대(華城將臺)에는 정조가 장용영(壯勇營) 군사훈련을 보고 지은 어제시(御製詩)가 있다.

華城將台 親閱城操　　　화성장대 친열성조
有詩題于 楣上　　　　　유시제우 미상

拱護斯為重 經營不費勞　공호사위중 경영불비노
城從平地迴 臺倚遠天高　성종평지회 대이원천고
萬垜規模壯 三軍意氣豪　만타치모장 삼군의기호
大風歌一奏 紅日在鱗袍　대풍가일주 홍일재인포

화성장대에서 친히 군사훈련을 점검하고
지은 시(詩)를 문(門) 위에 걸다.

현륭원 호위 중요하나 세금과 노역을 쓰지 않았다.
성곽은 평지 따라 둘러있고 먼 하늘 기댄 장대는 높이
솟았구나.

많은 성가퀴 구조 굳건하고, 군사들의 의기 호기롭네.
대풍가 한 곡조 연주하니, 붉은 햇살이 갑옷을 비추는
구나.

조선시대 으뜸 화성행궁

정조는 아버지 장헌(사도) 세자의 묘소를 현륭원(현재의 융릉)
으로 옮기면서 수원 화성(華城)에 신도시를 건설하고 성곽을
축조하여 행궁을 건립했다.

여기서 그는 진찬연(어머니 혜경궁 홍씨 회갑연)과 과거시험을
치렀는데 일제의 말살 정책으로 한때 사라졌으나 이후 복원
된 곳이다.

〈행궁 돌아보기〉
❖ 신풍루(新豊樓, 정문, 임금님의 새로운 고향)
❖ 봉수당(奉壽堂, 행궁의 정당)
❖ 낙남헌(落南軒, 양로원, 과거시험 열던 곳)
❖ 노래당(老來堂, 정조의 노후 생활 공간)
❖ 화령전(華寧殿, 정조의 어진(御眞)이 모셔진 곳)이 있다.

수원 화성(華城)은 도심 속에 숲이 우거진 곳이다.

길, 이야기 따라 걷는 문화의 여행이요.

역사의 숨결 따라 걷는 시간 여행이었다.

〈 2022. 11. 8. 〉

소요유逍遙遊… 其一

놀 멍, 쉴 멍, 걸으 멍
별다른 목적 없이 어슬렁거리며 노니는
장자(莊子)의 소요유를 흉내 냈다.

인생은 소풍이라 했던가?
바람 따라 발길 따라 한나절,
충북 옥천 9경(景) 중 3경(景)을 둘러본 거다.

용암사는 신라 의신조사(義信祖師)가 건립한 고찰이다.
해발 656m 장령산 품 안에 자리 잡은 대웅전, 암벽에 새
겨진 마애불상, 구름이 춤추는 듯 운해 일출로 이름난 운무
대, 쌍 3층 석탑을 볼라치면 숨 가쁘게 500여 데크 계단을

밟아야 한다.

시인 정지용(鄭芝溶)은 옥천이 낳은 불운 시인이다.
"그곳이 차마 꿈 엔들 잊힐 리야……."
6·25로 한때 친일 월북작가로 낙인찍힌 바 있지만 그의 대표작 '향수'는 아직도 우리들 귓전에 생생하다.
가는 날이 장날이던가?
기념관은 문이 닫혀 시인의 숨결을 느낄 수 없었지만, 그의 생가와 동상은 鄭 시인을 마주 대하는 듯 반갑게 맞이한다.

물 위에 떠 있는 산…… 부소담악은 인산인해다.
대청호가 들어서면서 수몰되지 않은 산 능선이 바로 지금의 부소담악이다. 솟아 있는 7백여 개 기암절벽이 병풍처럼 처진 그 모습은 마치 금강산을 연상케 한다.

장자(莊子)의 소요유는 삶의 철학이다.
노자(老子)는 무위(無爲)의 통치(統治)를 주장했지만, 장자는 사람과 사물(事物)에 대한 무위, 즉 쓸모 있음(有用之用)과 쓸모 없음(無用之用)의 쓸모를 먼저 성찰했다. 천 년 동안 외로움 혼자 견뎌 낸 우뚝 선 은행나무, 느티나무 한 그루가 바로 그 예(例)이다.
사실 장자가 표현한 은유적 비유인 鯤(곤, 큰 물고기)과 鵬(붕,

큰 새), 吾喪我(오상아. 나를 잃고 내가 된다), 胡蝶夢(호접몽, 나비의 꿈) 이야기는 현대인들에게 너무 난해하다.

삶은 그 자체가 목적이니 수단시(手段視)하지 말자.

인생은 잠시 왔다 가는 소풍인 만큼 그저 놀듯이 유유자적하며 자유롭게 사는 게 더 큰 행복이 아닌가 싶다.

〈 2023. 5. 25. 〉

소요유逍遙遊… 其二

소요유(逍遙遊)는 장자(莊子)의 핵심 사상이다.

그는 진정한 자유(自由)의 경지를 누리기 위해서는 "무위(無爲)하라", "소요유 하라"를 권하며 무용지용(無用之用, 쓸모없음의 쓸모)을 제시했다.

> 人皆知有用之用而　　인개지유용지용이
> 莫知無用之用也　　　막지무용지용야
> 사람은 누구나 유용한 것의 쓸모는 알아도
> 무용한 것의 쓸모는 알지 못한다고 했다.

물이 깊어야 큰 배(舟)를 띄울 수 있고, 바람이 강해야 큰 날개(翼)를 펼칠 수 있다.

무용지용(無用之用)이란 무엇인가?

'쓸모없음의 쓸모'란 쓸모없이 보이는 것들을 무시하지 말고 그 속에서 가치를 찾아내는 무용지용의 마음가짐을 가지고 인생의 도전과 기회를 맞이하게 되면 삶의 다양한 기회와 가치를 얻게 된다는 뜻이다.

천하(天下)에 "쓸데없는 나무가 없고 못생긴 나무가 선산(先山)을 지킨다"고 했다. 옛말에 '좌정관천(坐井觀天)'이라는 말은 '우물 속에서 앉아 하늘을 바라본다'는 뜻이다. 세상 물정에 어두운 사람도 견문과 시야를 넓히고 지식과 경험을 쌓게 된다면 또 다른 세계를 맛볼 수 있다는 말이다.

그래서 오늘은 무용지용(無用之用)의 사표(師表), 두 노거수(老巨樹)를 찾아 나섰다. 경기 양평 용문사(龍門寺)의 터줏대감이며 천연기념물 제30호인 이곳 은행(銀杏)나무는 천 년의 풍상을 이겨내고 이 절의 수문장(守門將) 노릇을 톡톡히 하고 있다. 한편 남한강과 북한강 두 물줄기가 합쳐지는 두물머리에 서 있는 수령 400년 된 느티나무 한 그루도 묵묵히 흐르는 강물처럼, 긴 세월 홀로 견뎌낸 쓸모 없음의 쓸모가 키워낸 극기(克己)의 현장이다.

세상에 쓸모없는 것은 없다.

쓸모없음과 쓸모 있음의 기준은 오로지 자신만이 알고 있다. 깨어진 독을 버리면 쓸모없는 것이 되지만 거기에 아름다운 꽃을 심게 되면 새로운 가치와 용도가 생긴다.

지금 오랜 세월을 묵묵히 지켜낸 이 두 노거수가 그렇다.

直木先伐 甘井先竭(직목선벌 감정선갈: 곧은 나무는 먼저 베이고 단 샘은 먼저 고갈된다) 有用之無用(유용지무용: 한 때의 쓸모는 곧 생명이 다하여 쓸모가 없게 된다)는 말처럼 결국 쓸모는 상황과 존재 여부에 따라 달라지는 인과(因果)의 법칙이다.

무용지용은 '무엇을 위해 살 것인가?' 하는 삶의 궁극적인 목적이 담겨 있음을 우리는 이 두 노거수에서 읽어야 함은 물론이다.

〈2023. 10. 9.〉

❖ 무용지용(無用之用: 쓸모없음의 쓸모)의 사례(1)

수령 1천 년을 자랑하는 양평 용문사 노거수.
은행나무 전경 천연기념물 제30호로 지정.

❖ 무용지용(無用之用)의 사례(2)

경기 양평군 소재 두물머리에 서 있는 수령 400년 묵은 느티나무 한 그루.

천년 고도
경주慶州 속으로

해마다 이때쯤 되면 필자는 부모님과 조상님들의 유택(幽宅)을 찾아 성묘도 하고, 선영음덕(先塋陰德)을 기린다. 올해는 아예 7남매 형제가 보문단지 내「한화 리조트」에 1박(泊)을 예약하고 막내가 준비해 간 싱싱한 회, 바닷장어구이, 추어탕 등으로 모처럼 형제간 우애를 즐기며 풍미를 즐겼다.

천년의 왕국, 신라(新羅)의 역사는 찬란했다.

지증왕 5년(504년), 나라의 이름을 신라(新羅)²로 개칭하고 이를 위해 경주{慶州, 옛 이름 월성(月城)}를 도읍지로 하여 창업의 뜻을 펼쳐 나갔다.

---

2   신라(新羅)의 어원(語源): 德業日新 網羅四方(덕업일신 망라사방) 덕업이 날로 새로워 사방을 망라한다. 삼한일통(三韓一統)을 뜻함.

경주는 천 년 고적의 도시이자, 도시 자체가 노천(露天) 박물관이다.

경주하면 떠오르는 이미지는 불국사, 석굴암, 첨성대, 대릉원(천마총), 포석정 등을 먼저 손꼽을 수 있지만 위 고적들은 이미 어릴 적 수학여행, 가족 여행 등으로 여러 차례 다녀온 바 있다.

이번은 그간 못 가본 교촌 한옥마을, 월정교(月精橋), 황리단길, 태종무열왕릉, 동궁 월지(안압지), 재매정(井) 등을 둘러보기로 했다.

〈경주 최(崔) 부잣집(국가민속문화재 제27호)〉

교촌 한옥마을에는 9대 진사, 12대 만석꾼으로 '노블레스 오블리주'를 실천한 선조 경주 최부잣집이 있다. 이 고택은 경주 최씨 문중의 가훈(家訓)인 6훈(訓): 제가덕목(齊家德目)인 불문율(不文律)과 6연(然): 수신덕목(修身德目)인 성문율(成文律)이 태어난 곳이다.

또한 경향 각지에서 잘 알려진 민속주「경주법주」는 조선 숙종 때 사옹원 참봉을 지낸 최국준 어른께서 이 집안의 우물 물을 사용하여 찹쌀 순곡주로 만든 것이 오늘날까지 그 명성을 떨치고 있다.

마지막 최부자인 최준(崔浚) 어른께서는 육영사업에 뜻한 바 있어 가산을 정리하여 대구(大邱)대학교와 청구(靑丘)대학을 통폐합하여 지금의 영남(嶺南) 대학교를 창건하였다.

〈월정교(月精橋)〉

월정교는 신라 경덕왕 19년(760년)에 건립된 다리로서 월성(月城)의 서쪽에 위치하며 남천(南川)의 남북쪽을 연결하여 남산과 왕궁을 잇는 교통로이자 화려한 왕궁의 다리였다.

이 당시 40대 초반의 원효대사(元曉大師)가 서라벌을 떠돌며 지은 시(詩)가 아직도 전해지고 있다.

誰許沒柯斧　　　수허몰가부

我斫支天柱　　　아작지천주

누가 자루 없는 도끼(여성의 성기)를 허락하려나

나는 하늘을 받칠 기둥을 다듬고자 하노라.

태종 무열왕(武烈王)이 온 동네를 떠돌며 부르는 아이들의 노랫소리를 듣고 이 뜻을 헤아려 귀한 딸 요석공주를 원효에게 시집가게 하여 신라 3大 문장가 강수(强首), 설총(薛聰), 최치원(崔致遠) 중 한 사람인 설총(薛聰)을 낳았다고 한다. 월정교는 길이 66m, 폭 9m, 높이 8m 규모로 지난 2009년에 복원되어 뛰어난 야경(夜景)으로 또 다른 경주의 명소(名所)로 자리 잡고 있다.

〈황리단길〉

황리단길은 백야경(白夜景)이 좋다. 마치 서울의 명동(明洞), 홍대(弘大) 거리를 닮아 세계의 젊은이들이 앞서거니 뒤서거니 넘치고 있다. 골목마다 예스러운 기와 건축미와 잘 가꾸어진 신라의 정취, 다양한 먹거리(특히 황남빵, 십원빵, 찰보리빵)가 과객의 구미를 돋운다.

〈태종무열왕릉(국보 제25호)〉

태종 무열왕은 진골(眞骨) 출신 최초의 왕으로 나당연합군(羅唐聯合軍)을 이끌어 백제(百濟)를 정복하고 삼국통일의 위업을 닦으신 분이다. 그의 왕릉 비(碑)는 둘째 아들이며 문무대왕의 친동생인 김인문(金仁問)이 일필휘지, 아직도 천 년 묵은 돌조각들이 살아 꿈틀거리는 듯하다. 무열왕릉은 신라의 왕릉 가운데 유일하게 무덤의 주인을 확실히 알 수 있다는 점에서 가치가 있다고 한다.

무열왕릉 뒤편 구릉에 분포하는 4개의 대형 무덤을 「서악동고분군」이라 하는 데, 둥글게 흙을 쌓아 올려 대형 원형 봉토로 이루어졌다.

〈재매정(財買井)〉

재매정은 신라 김유신 장군집에 있던 우물을 말한다. 우물의 깊이는 약 1.2m, 넓은 부분은 1.8m, 바닥의 지름은 1.2m이다.

김유신 장군이 전쟁터로 떠나고 돌아올 때, 자기 집 앞을 그냥 지나치면서 아랫사람에게 우물물을 떠 오게 해 마시고는 "우리집 물맛은 예나 지금이나 그대로구나!"하는 이야기가 지금도 전해오고 있다.

〈동궁과 월지(안압지)〉

나라의 경사를 맞아 축하연을 거행했던 동궁(東宮)은 문무왕 19년(679년)에 세웠다. 월지는 궁 안에 못을 파고 가산(假山)을 만들고 화초를 심고 기이한 짐승을 길렀다고 삼국사기에 전한다.

문무왕 때에는 군신들의 연회나 귀빈 접대 장소로도 이용되었다. 월지는 동서남북 약 190m 규모의 인공 연못으로 조선시대 때는 안압지로도 불리었다.

이후 이곳 월지에서 귀한 유물이 발견되었다.

당시 귀족과 군신들이 문화행사나 하늘에 제사를 지낸 후 풍류를 즐기던 유품인 주사위 14개(정사각형면 6개, 육각형면 8개)가 발견된 것이다.

주사위 각 면에는 음주가무(飮酒歌舞)의 방법과 상벌규칙(賞罰規則)을 적었는데 소개하면 다음과 같다.

❖ 제1면: 飮盡大笑(음진대소, 술 한 잔 마시고 큰 소리로 웃기)
❖ 제2면: 三盞一去(삼잔일거, 술 석 잔을 한 번에 마시기)

❖ 제3면: 自唱自飮(자창자음, 혼자 노래 부르고 술 마시기)

❖ 제4면: 禁聲作舞(금성작무, 술 마신 뒤 노래 없이 춤추기)

❖ 제5면: 衆人打鼻(중인타비, 여러 사람 코 때리기)

❖ 제6면: 有犯功過(유범공과, 여러 사람이 덤벼들어 장난쳐도 가만있기)

❖ 제7면: 醜物莫放(추물막방, 더러워도 버리지 않기)

❖ 제8면: 兩盞卽放(양잔즉방, 술 두 잔 한번에 마시기)

❖ 제9면: 任意請歌(임의청가, 마음대로 사람 불러 노래 청하기)

❖ 제10면: 曲臂卽盡(곡비즉진, 팔을 구부린 채 술 마시기)

❖ 제11면: 弄面孔過(농면공과, 얼굴 간질여도 가만히 있기)

❖ 제12면: 自唱怪來晚(자창괴래만, 괴래만 노래 부르기)

❖ 제13면: 月鏡一曲(월경일곡, 월경 노래 부르기)

❖ 제14면: 空詠詩過(공영시과, 술 한잔 후 시 한 수 읊기)

〈2025년 APEC 개최지로 도전〉

경주는 지금 2025년도 AEPC 정상회의 개최지로 도전하고 있다.

천년의 세월을 견뎌온 고도(古都)가 다시 천년의 시공간을 향한 의지의 도전이다.

대한민국을 대표하면서 전통문화의 보고(寶庫)인 성숙한 고적의 도시 경주!

인근에 있는 산업의 도시 포항(浦項)과 경제 교육의 도시 울산(蔚山), 그리고 관광의 도시 경주(慶州)가 서로 힘을 합쳐 아시아는 물론 세계로 웅비(雄飛)하는 그날이 오기를 기대한다.

〈2023. 9. 17.〉

5봉五峯 석굴암

석굴암 가는 길
우이령 산길이 참 좋다

목화솜 같은 춘 3월(春三月) 백설(白雪)
봄의 전령 매화(梅花)도 방긋

만상(萬像)이 부처님 분신(分身)인 듯
중생들 불심(佛心)을 일깨운다

제 2 장

후흑시대

厚黑時代

후흑이란 면후(面厚: 낯가죽이 두꺼움)와

심흑(心黑: 속마음이 시꺼멈)의 줄임말이다.

정치판에서 굴러먹은 뻔뻔함과 음흉한

인물들을 싸잡아 부르는 말인데…….

한국판 후흑학厚黑學의
후예後裔들

1911년 청말(淸末) 신해혁명(辛亥革命)이 일어나던 해, 중국의 역사학자 리쫑우(李宗吾)는 『후흑학(厚黑學)』이라는 책을 세상에 내놨다.

후흑이란 면후(面厚: 낯가죽이 두꺼움)와 심흑(心黑: 속마음이 시꺼멈)의 합성어로서 정치판에서 굴러먹은 뻔뻔함과 음흉한 인물들을 싸잡아 부르는 말이다.

그는 이 책에서 중·일전쟁이 한창이던 때부터 타계(1944년)할 때까지, 중국이 일제와 서구 열강으로부터 침략을 막아내기 위해서는 이 '후흑의 길' 밖에 없다고 믿었다.

후흑학은 대의(大義)를 위해서는 필요하다면 적절히 계략과 술수를 부릴 줄 알아야 한다고 강조한다. 중국의 역사에서 볼 때, 그는 정치와 접목된 후흑학의 대가(大家)로서 월왕(越王) 구천(勾踐), 위(魏)나라 사마의(司馬懿), 후한(後漢)의 장량(張良)을 꼽았다.

춘추시대 월왕 구천은 아버지의 원한을 갚기 위해 韜光養晦(도광양회: 칼집에 칼을 감춰 빛이 안 나게 하고 어둠 속에서 칼을 간다) 臥薪嘗膽(와신상담: 섶나무 위에서 자고 쓸개를 핥으며 간난을 헤쳐나간다) 끝에, 서주(徐州)에서 제후들과 회맹하여 패자(覇者)가 되었다.

삼국시대 위(魏)나라 사마의(司馬懿)는 고단위 면후심흑술을 정치에 접목하여 조 씨(曹氏)의 천하를 사마 씨의 서진(西晉)으로 바꿔 개국하는데 주춧돌을 놓았다. 또한 한(漢) 고조 유방(劉邦)의 책사 장량(張良)도 뛰어난 권모술수와 계책으로 유방을 선택하지 않았다면 후세의 영걸(英傑)들이 장자방(張子房)에 비견되는 일은 없었을 것이다.

승자의 전략 '후흑술'에는 4가지 비결이 있다.

❖ 공(空): 조급하게 서두르지 않는다.
❖ 충(沖): 허풍을 크게 떤다. 제갈량의 공성계(空城計)는 허장성세로 사마의의 10만 대군을 물리쳤다.
❖ 붕(繃): 속어로 뻔뻔하게 구는 것.
❖ 농(聾): 미친 척하며 속셈을 숨기는 것이다.

그런데 문제는 이 후흑학이 오늘날 한국에 직수입되어 정치사회에 그대로 이식(移植)됨으로써 국정의 농단은 물론 위정자의 치세(治世)에 잘못된 씨앗이 되고 있다는 점이다.

예컨대, 이 못된 대륙의 처세술(處世術)은 권력투쟁, 이권(利權)의 사슬, 입신출세를 위한 인간들의 도구가 되고 정치가 국민을 짜증 나게 하는 주요인이 되고 있다는 것이다.

일찍이 공자(孔子)께서는 無信不立(무신불립: 개인이나 국가에 믿음이 없으면 설 수가 없다)을 강조하면서 정치가 잘 되기 위해서는 족식(足食: 풍족한 식량), 족병(足兵: 충분한 병력), 민신(民信: 백성들 믿음)을 꼽고, 그중 가장 중요한 것은 백성의 믿음이 없으면 나라와 개인이 설 수 없다고 했다.

우리 모두 지족상락(知足常樂: 족함을 알면 항상 즐겁다)을 배우자. 저마다 당동벌이(黨同伐異: 이해가 같으면 제 편이고 다르면 제친다)를 삼가고 동주공제(同舟共濟: 같은 배를 타고 험난한 파도를 헤쳐 나간다) 하는 지혜를 모을 때다.

〈 2019. 9. 10. 〉

신 독재新獨裁 문주주의文主主義

'신독재(新獨裁)'라는 말이 있다.

이것은 합법적으로 제도를 바꾸고 법대로 집행하는 통치행위를 말한다. 2010년경 헝가리 총리 '오르반 빅토르'는 총선 승리 1년 뒤 입법부와 사법부를 장악하여 일당독재 체제로 전환한 뒤 법무부 장관의 감독을 받는 행정법원을 설치하여 재판, 선거, 미디어까지 주물렀다. 가히 히틀러(Hitler), 마오쩌둥(毛澤東)처럼 내 손에 피 한 방울 묻히지 않고, 제 마음대로 휘두른 무소불위(無所不爲)의 권력 말이다.

지금, 한국(韓國)은 어떠한가?

현 정권은 압도적 다수 의석과 범좌파의 연대로 패스트트랙(검찰 개혁, 선거법 개정, 공수처 신설) 법안을 일방 통과시켜 퇴임 후 무탈하고 장기 집권을 노리는 후안무치(厚顔無恥)가

날뛰고 있다.

경제는 한물간 좌파 정책(소득주도 성장 경제정책, 최저임금 인상, 주(週) 1회 52시간 근무, 재정 확대 정책, 노동시장 경직성 등)으로 제로 이코노미(Zero-Economy, 저금리, 저물가, 저성장) 시대가 거대한 쓰나미처럼 몰려오고 있으며 공론(公論)을 무시한 폭주(暴走)의 시대가 전개되어 지금 우리는 고장 난 기관차의 무한 질주에 올라타고 있는 셈이다.

옛글에 민귀군경(民貴君輕, 맹자), 군주민수(君舟民水, 순자)라는 말이 있다.

"백성은 귀하고 군주는 가볍다. 군주가 배라면 백성은 배를 띄우는 물과 같다." 실로 수천 년이 흐른 오늘날에도 변하지 않는 진리요 금언이라 할 수 있다.

지난 대선 때 文 정권은 유효득표율 41%, 전체 유권자의 31% 득표로 집권한 이래, 촛불의 희생도 잊은 채 이 나라를 백척간두(百尺竿頭)에 서게 하는 우(愚)를 범했다.

문(文) 정권의 유물(唯物) 정치는 편 가르기, 정치보복, 내로남불로 국론을 분열하고 찐 고구마를 먹은 것처럼 속이 답답하고 위선이 난무하는 고구마 정치를 날 샐 줄 모르게 자행하고 있다.

눈을 돌려 외교를 보면 미국과의 신뢰는 금이 갔고, 일본과는 최악, 중국과는 돈독해진 것만도 아니며 북한과는 무슨 약점이 있는지 끌려다니기에 급급하다.

경제는 어떠한가?

한 번도 가보지 않는 길 소득주도 성장(所得主導成長) 정책, 기업 옥죄기는 헛발질로 판가름 났으며, 부동산 투기, 보유세 증세, LH 사건 등 측근들의 각종 부정과 비리는 국민 가슴 속에 지울 수 없는 멍을 들게 했다.

이른바 신 독재 문주주의가 판을 치고 있다.

20세기 독재자는 총칼을 앞세웠지만 21세기 독재자는 입법권과 인사권을 주 무기로 휘두르며, 현금 살포로 민심을 유혹하고 나팔수를 총동원하여 입법 사법 행정 언론은 물론 시민 사회 단체마저 장악하고 있다.

자유 민주주의를 되찾자.

자유 민주주의는 그냥 오는 게 아니다. 이것은 깨어 있는 시민들의 땀과 눈물 참여로 얻게 되는 것이다. 지난 시대 세계 도처에서 일어난 색깔 혁명을 보아라. 1990년대 동유럽 사회주의가 붕괴할 무렵 조지아의 '장미', 우크라이나의 '오렌지', 키르기스스탄의 '튤립 혁명'이 그것을 웅변하고 있지 않는가?

인근 홍콩의 우산 혁명이 또한 그렇다.

자유 민주주의는 애국주의(愛國主意), 민족주의(民族主義)를 요구하지 않는다. 잘못된 애국·민족주의는 자칫 쇼비니즘(맹목적 애국주의)으로 흘러, 오히려 국민주권을 해치고 네 편 내편에 종속될 뿐이다.

知止止止〈道德經〉　　지지지지〈도덕경〉

그침을 알아 그칠 곳에 그치다.

知足不辱 知止不殆　　지족불욕 지지불태

족함을 알면 욕되지 아니하고,

그침을 알면 위태롭지 않다.

　이제 그칠 때가 됐다. 국민의 원성이 하늘을 찌르고 인내에
도 한계가 있다.

　다가오는 대선(大選)과 총선(總選)의 그날은 분명 천명(天命)
과 민의(民意)가 심판하는 정의구현(正義具顯)의 날이 반드시
되어야 한다.

〈2021. 3. 20.〉

기생충 이야기
― 바이러스의 흑역사 ―

바이러스는 인간의 생활과 깊은 관련이 있다.

14세기 유럽을 휩쓸었던 흑사병은 '신의 진노'라 믿었고 19세기 인도 벵골 지방의 풍토병 콜레라는 중국 광둥 지역으로 확산, 당시 조선(朝鮮)까지 옮겨져 도성에서만 20만여 명이 사망했다.

그리고 1980년대 에이즈는 원숭이가 발병의 시초가 되었으나 전파는 감염자의 피(血)와 성(性)의 쾌락(동성애)을 도착적으로 추구한 데서 비롯되었다. 2000년대 들어 중동발 메르스(MERS)는 낙타, 중국발 사스(SARS)는 가축(닭)에서 바이러스가 옮겨졌으며, 최근 중국 우한(武汉) 폐렴(COVID-19)은 엽기 요리를 좋아하는 중국인들이 야생 동물(오소리, 여우, 뱀, 박쥐 등)을 접촉 사육하면서 더러운 환경오염을 통해 인간에게 전

파된 것이라고 한다.

이를 두고 프랑스 신문은 황색경보(Alerte jaune)라 꼬집으며 황화론(黃禍論)이 다시 고개를 들고 있다. 그러나 질병은 질병일 뿐, 비록 그것에 대한 약제는 아직 개발되지 못하고 있지만 우리 스스로 철저한 위생 예방과 자가 면역력 향상, 과학적 처치에 주력한다면 무서울 게 없다.

인간 바이러스

지금 SNS에 '인간 바이러스'라는 말이 많이 회자하고 있다.

가뜩이나 코로나가 기승을 부리고 있는 이때, 이 바이러스는 사람 몸에 한 번 전염되면 발열과 구토 증상을 보이며 대 깨문 같은 회복할 수 없는 치명상에 이른다고 한다. 변종 바이러스는 위선자, 사냥개, 기레기, 얼뜨기 바이러스 등이 창궐하고 있는 바, 온 국민은 보는 데로 즉시 박멸하는 게 상책이라 한다.

또한 이 바이러스 서식지는 국민통합에는 눈 감고, 네 편 내 편 진영정치, 재정 확대 정책으로 산더미 같은 국가 부채를 미래 세대에게 큰 짐을 서슴없이 지우는가 하면 한낱 정치 초년생들이 개인의 영달과 정치생명을 연장키 위해 주군(主君)의 이 눈치, 저 눈치를 살피며 가려운 곳에는 제때 긁어 주고,

하고 싶은 말을 대신해 주는 꼴불견들이 우글거리는 곳이다.

미친개는 몽둥이가 약이다.

오는 4·15 총선(總選) 때는 갈등과 분열, 독선과 아집을 일삼아 온 文 정권에 대한 준엄한 심판과 서릿발 같은 회초리를 들어야 한다. 이것은 민주시민의 책무이자 자유 대한민국을 되찾는 길로써 누구도 방관해서는 안 된다.

영화 기생충 Parasite

한국 영화「기생충(감독 봉준호)」이 미국 아카데미상 4개 부문을 석권했다. 영어권 영화시장에서 비영어권 수상이 쉬운 일이 아니겠지만 세계에서 봉준호 열풍이 메아리쳐 미국 언론계가 "확실히 한류가 도래했다"는 논평을 내놨다.

참으로 축하하고 대견스럽다. 그런데 정말 그럴까? 봉준호는 이 영화에서 무엇을 말하려 했던가? 영화의 줄거리는 송강호 4가족이 도시의 반지하에서 살면서 학력 위조 등으로 사기 취업을 하고 연쇄살인과 빈부 간 투쟁을 연상케 하는 막장 드라마로 이어진다. 이 영화에서 봉준호는 한 사회 기저층의 경제적 사회적 불평등과 빈부격차를 고발하려는 메시지가 있다. 그러나 영화가 아무리 그 시대의 산물, 풍자, 재해석이라고 하더라도 반사회적 계급투쟁과 좌익의 선전 선동물이 되어서는 안 된다. 이점이 앞으로 봉준호가 감내해야 할 독배(毒杯)가 아니면 월계관(月桂冠)의 주인공이 될 '양날의 칼'임을 잊어서는 안 된다.

지금 자본주의 미국은 좌우가 비슷한 분포다. 그나마 한국은 불평등 관련 지표「지니」지수(指數)가 지난해 0.3(0.4 이상은 우려 상황)으로 아시아권 중 스스로가「중산층」임을 자부하는 계층이 36%에 달해 다행스러운 일이다.

문제는 인간 기생충들이 나라 곳간인 국고(國庫)에 빨대를 꽂고 미친 듯이 빨아대며 좌우 갈등과 분열을 부추겨 반사이익(反射利益)을 탐하는 세력이 준동하고 있는 세태(世態) 바로 그것이 문제이다.

〈 2020. 2. 15. 〉

장자莊子의
도척盜跖 이야기

2,300여 년 전, 장자가 살았을 때 정치인도 '도척'의 영역에 포함되었을까? 장자는 도척에게도 도(道), 즉 성(聖), 용(勇), 의(義), 인(仁), 지(智)가 있다 하였거늘, 오늘날 위정자 정치인들에게도 과연 그러할까?

1574년 조선(朝鮮)의 율곡 이이(栗谷 李珥)는 선조에게 올린 萬言封事(만언봉사)에서 '朽腐日 深之大廈 其國非國(후부일 심지대하 기국비국: 날로 썩어가는 빈집 같은 이 나라는 나라가 아니다)'라고 상소했다.

이후 많은 세월이 흐른 오늘날, 이 나라는 그 옛날 조선(朝鮮)의 실상을 보는 듯해 정말 입맛이 쓰고 한심할 뿐이다. 요즘 정치꾼들은 당리당략(黨利黨略) 이전투구(泥田鬪狗)에 혈안이 되면서도 무노동(無勞動) 세비는 꼬박꼬박 타 먹고 권력의 그

늘에서 세월 만난 눈먼 귀족, 어공(어쩌다 공무원), 아첨꾼들은 곳간에 빨대를 꽂고 살진 돼지가 되어가고 있다.

정녕 도척의 세계는 시대를 불문하고 똑같은 모양새다.

그래도 예전의 도척들은 도(道)를 지켜 용기와 의리 지혜로 남의 물건, 재산에 손을 댔지만, 요즘은 아예 얼굴에 철판을 깔고 청탁(淸濁)을 불문하고 모조리 삼키는 것을 능사(能事)로 하고 있으니 이 어찌 통탄할 일이 아니던가?

옛말에 近墨者墨 近朱者赤(근묵자묵 근주자적: 먹을 가까이하는 자 검어지고 붉은 물감을 가까이하는 자 붉게 된다), 曲木求曲木(곡목구곡목: 말(馬)의 우리를 만들 때 처음부터 굽은 나무를 쓰면 계속 굽은 나무를 쓰게 되어 곧은 나무를 쓸 수 없게 된다)라는 '딜레마'가 있다.

이는 인사(人事)가 만사(萬事)라는 말처럼 현실적으로 '팀 코더' 측근 인사를 하게 되면 결국 국정(國政)의 결과도 내로남불, 그 나물에 그 밥이 된다는 이야기다. 다시 한번 장자(莊子)의 말을 소환한다.

鵠不日浴而白   곡불일욕이백
烏不日黔而黑   오불일금이흑

백조는 날마다 목욕하지 않아도 희고,
까마귀는 날마다 검게 칠하지 않아도 검다.

過則勿憚改　　　　　과즉물탄개
過而不改 是謂過矣　과이불개 시위과의

잘못이 있으면 고치기를 꺼리지 마라
잘못을 알고도 고치지 않는 것 이것이 잘못이다.

無羞惡之心 非人也　무수오지심 비인야

잘못을 저지르고도 부끄러운 줄 모르면 사람이 아니다.

〈2021. 10. 2.〉

남태령 송덕비南泰嶺頌德碑

- 작가 미상

今日送此盜	금일송차도
明日來他賊	명일래타적
此盜來不盡	차도래부진
擧世皆爲盜	거세개위도

(아전) 오늘 이 도적을 보내노라

(현감) 내일 다른 도적놈 올 터인데

(아전) 도적놈들만 끝없이 오는구나

(행인) 세상에 온통 도적놈뿐이구나

이 시(詩)는 조선조 지방 요직 중 하나인 과천 현감 이취임을 앞두고 아전과 현감 행인들이 주고받은 부정부패를 개탄하는 풍자시(諷刺詩)다.

일찍이 중국 전국시대 법가(法家) 한비자(韓非子)는 "태산에 부딪혀 넘어지는 사람은 없다. 사람을 넘어지게 하는 것은 작은 흙더미일 뿐이다."고 일갈했다. 예로부터 생계를 위한 좀도둑들은 법의 온정이 배려되지만, 큰 도적들은 정치권에서 멀어지거나 법의 심판 끝에 영어(囹圄)의 몸이 되고 때로는 인생을 마감하는 일까지 벌어진다.

특히 정치권력을 미끼로 한 대도적들의 술수(術數)는 불문가지(不問可知)이다. 이 큰 양상군자(梁上君子)들은 국가 백년대계(百年大計)를 허물고 곳간(財政)을 거덜 내며 일신의 영달과 사리사욕(私利私慾)에 눈먼 자들뿐이다.

일례로서, 지난 文 정부의 5년간은 포퓰리즘(대중영합주의) 정책의 일관으로 국가채무를 1천조(兆) 원(순증 400조) 넘게 쌓아, 장차 이 나라 젊은이들에게 큰 빚을 떠 안겨주었는가 하면, 그나마 재임 중에 만든 재정 준칙(財政準則: 국내 총생산 GNP 대비 국가채무비율 60% 제한, 통합 재정 수지 비율은 0.3% 이내 관리하는 재정 건전화 대책)은 시행 시기를 그의 임기가 끝난 2025년 이후로 미루었다. 그런가 하면 예타법(豫妥法: SOC 사업 중 예비타당성 심사 면제 관련법)은 이현령비현령(耳懸鈴鼻懸鈴: 코에 걸면 코걸이 귀에 걸면 귀걸이)식으로 입맛에 따라 방만하게 운영되어 유명무실(有名無實)의 본보기가 되었다.

한편 탈원전(脫原電) 국가정책은 기본 바탕이 되는 통계(統計)마저 불합리한 하명(下命)과 압박으로 깔아뭉개 종국에는 허울 좋은 사상누각(沙上樓閣)을 만들어 이 나라의 점증하는 전력(電力) 수요에 대한 장단기 대비책도 없이 한국의 미래 먹거리 산업을 송두리째 짓밟아 버렸다.

정부 기관의 인사도 마찬가지이다. 인사는 관련 업종의 전문인 가운데 적재적소의 인력을 배치해야 한다. 그럼에도 '가족'과 '친구'라는 이름으로 특혜 또는 보은(報恩) 인사를 하거나 우정을 핑계로 공명선거에 먹칠을 하는 초법적(超法的) 행위는 도대체 무슨 말로 변명할 것인가?

더욱이 경탄(驚歎)스러운 것은 일국의 대통령이 해외 방문 중 망측한 처신(處身)과 언행(言行)으로 온 국민의 자존심에 깊은 생채기를 남겼다는 점이다.

예컨대 그는 대한민국 대통령 자격으로 북한(北韓)을 방문하여서는 북한 인민들 앞에서 자신을 '남쪽 대통령'이라 폄하했는가 하면, 2018년 4월 27일 판문점 도보다리 위에서 북(北)의 김정은(金正恩)과 회담 중 돌연 정체불명의 USB 메모리를 넘겨줘 아직도 세간에서는 '그것이 과연 무엇인가?'라는 국민적 궁금증을 키워왔다.

또한 중국(中國)에 국빈(國賓) 자격으로 방문하여서는 저잣거리에서 격(格)에 맞지 않는 혼밥을 하고 수행한 기자는 중국인들로부터 행패를 당하는 냉대(冷待)를 받았음에도 불구하고 정작 본인은 '중국은 높은 산봉우리, 한국은 그 옆 작은 봉우리'라고 듣보잡 같은 기막힌 소리를 했다.

참으로 눈(眼)앞이 캄캄하고 내 귀(耳)를 의심해야 할 지경이다.

踏雪野　답설야

〈西山大師〉　서산대사

踏雪野中去　답설야중거
不須胡亂行　불수호란행
今日我行跡　금일아행적
遂作後人程　수작후인정

눈 덮인 들판 걸어갈 때
이리저리 함부로 걷지 마라
오늘 내가 걸어간 발자국은
훗날 뒷사람의 이정표 되리니.

天網恢恢 疎而不失(漏)　〈老子〉
천망회회 소이부실(루)　〈노자〉
하늘의 그물은 크고 성긴 듯해도 결코 놓치지 않는다

초(楚)나라의 광인 접여(接輿)가 공자(孔子)에게 노래한 시(詩)

鳳兮鳳兮	봉혜봉혜
何德之衰	하덕지쇠
往者不可諫	왕자불가간
來者猶可追	내자유가추
己而己而	기이기이
今之從政者殆而	금지종정자태이

봉새야 봉새야
어찌하여 덕이 쇠퇴하였노
지난 일 탓을 해도 소용없지만
앞일을 바로 잡을 수 없는 것
아서라 아서라
지금 정치하는 것은 위태로운 짓이니라

누구를 위하여 종(鐘)이 울리나?
For whom the Bell tolls

I

어느 한적한 시골길 모퉁이에 백일홍(百日紅) 한 그루가 있었다.

이때쯤 되면 화무십일홍(花無十日紅: 열흘 피는 꽃이 없다)이라는 말이 무색할 만큼 백일홍은 긴 세월 홀로 외롭게 견디며 희고 붉은 꽃을 보여줘서 더욱 사랑스럽고 정(情)이 간다.

백일홍은 일명 자미화(紫薇花)라고 부른다. 그 옛날 중국 당(唐)나라 때 수도 장안(長安) 자미성(紫薇城)에서 많이 심었다 하여 자미화로 불렀고, 고려말(高麗末) 때 이 땅으로 옮겨져서 터를 잡았다.

꽃말은 '떠나간 벗을 그리워함'을 뜻한다. 떠나간 벗은 비단

친구뿐만 아니고, 이 시대 자유민주주의를 꽃피운 열사(烈士), 국가 보위에 앞장선 장병(將兵)들, 오늘의 대한민국을 이룩한 건설 역군(役軍)들이 모두 포함된다.

그래서 4·5·6월은 충혼(忠魂)·충절(忠節)의 달(月)로서 늘 선현(先賢)들의 정신과 아픔을 생각하면 눈물이 앞을 가린다.

昨夕一花暮　　작석일화모

今朝一花開　　금조일화개

相看一百日　　상간일백일

対爾好銜杯　　대이호함배

지난 저녁 꽃 한 송이 지고

오늘 아침 꽃 한 송이 피네

100일 동안 서로 마주 바라보니

그대와 함께 즐겁게 술 한잔 나누리

백일홍을 두고 충절(忠節)의 사표(師表) 성삼문(成三問)이 읊었다.

II

누구를 위하여 종(鐘)이 울리는가?

For whom the bell tolls.

이 말은 영국의 성직자이며 시인이던 존 던(John Donne) 신부가 쓴 기도문의 한 구절로서, 이후 미국의 작가 어니스트 헤밍웨이(Earnest Hemingway)가 그의 장편소설 제목으로 인용했다. 또한 게리 쿠퍼, 잉그리드 버그만이 출연한 영화 제목이기도 하다.

영국 성공회 신부 존 던(1572~1631)이 성직 생활을 할 당시 많은 사람들이 전염병으로 죽어 갔으며 교회에선 죽음을 알리는 조종(弔鐘)을 쳤다. 사람들은 종소리를 들으면서 또 한 사람이 죽어가는구나 하고 짐작했었다.

어느 날 존 던이 전염병에 걸리자, 그는 남의 죽음을 알리는 종소리가 자신의 종소리임을 깨닫게 된다. 죽음은 낯설거나 불안한 일이 아니며 또한 혼자만의 일도 아니라는 것을 알게 된다.

존 던이 쓴 기도문에 이런 내용이 있다.
"어떤 인간도 자신뿐인 섬이 아니다.

No man is an island.

홀로 온전한 각자는 대륙의 한 조각이며 핵심의 일부이다.

Entire of itself, each is a piece of the continent, a part of the main.

그러므로 누구를 위해 종이 울리는지 알려고 사람을 보내지 마라.

Therefore, never send to know for whom the bell tolls.

그 조종(弔鐘)은 그대를 위해 울리는 것이다.

It tolls for thee."

1943년 어니스트 헤밍웨이의 장편소설 '누구를 위해 종이 울리나?'가 영화화되었다. 10여 년 전 같은 원작자가 쓰고 남자주인공(게리 쿠퍼 분)이 출연한 '무기여 잘 있거라(Farewell to arms)'보다 더 큰 화제(話題)가 되었다.

이 영화의 줄거리는 제2차 세계대전의 전초전이라 불리는 스페인 내전(內戰: 1936~1939)이 터지자, 독재자 프랑코에게 맞서기 위해 인민전선(人民戰線)에 참여하는 미국인 대학교수(존 던 역: 게리 쿠퍼 분)와 게릴라전(戰)에 참여하는 여전사(마리아 역: 잉그리드 버그먼 분)가 만나면서 사랑이 싹트고 순백한 사랑이 절정을 이루어 마침내 결혼하게 된다. 두 사람은 "우리들이 지켜온 모든 것을 사랑하는 것처럼 당신을 사랑해…."라고 언약하지만, 그들의 소망은 오래가지 못한다.

얼마 후 존 던이 임무 수행 중 적의 포탄에 맞아 다리에 중상을 입게 되자 자신 때문에 마리아가 탈출하지 못하게 된 것을 알고 마리아를 피신시키기 위해 그녀가 탄 말(馬)에 힘껏 채찍을 후려치며 울부짖는다.

"이 세상에서 너 하나뿐이라서 널 사랑한 게 아니라

널 사랑하다 보니 이 세상에 너 하나뿐이다….”

일생 헤밍웨이의 중요한 테마는 죽음과 대결 또는 죽음을 맞이하는 태도라 할 수 있다. '무기여 잘 있거라', '노인과 바다', '킬리만자로의 눈', 그리고 '누구를 위하여 종은 울리나?'가 그렇다.

Ⅲ

입법독주(立法獨走)와 합법적 통치.
압도적 의석, 입법 독주로 중우정치(衆愚政治)의 현상을 본다.
이는 합법적으로 법과 제도를 바꾸고 합법적인 통치를 하는 변형된 민주주의이다.

예컨대, 의회주의(議會主義)에 먹칠을 하는 위인설법(爲人設法: 특정인과 특정 이익 집단을 위해 법과 제도, 권익을 보호하는 입법 형태), 게리맨더링{Gerrymandering: 미국에서 특정 정당이나 후보에게 유리한 선거구를 조정하는 입법 행위, 1812년 이를 기획한 미국 매사추세츠 주지사(州知事) 게리(Gerry)와 신화에 등장하는 괴물 살라맨더(Salamander)의 합성어임}, 필리버스터(Filibuster: 의회 안에서 다수당의 독주를 막기 위해 합법적인 의사진행을 지연시키는 무제한 토론, 연설, 출석 거부, 총퇴장 등을 하는 행위), 명예훼손죄{名譽毀損罪: 공연성(公演性)과 고의성(故意性) 여부 불문, 출판물에 의한 가중처벌}, 기수 시기{명예를 해(害)할 우려가 있는 행위 시 바로 기수가 생김}, 사실 또는 허위 사실의 적시성 등은 너무 일방적이며 강자(强者) 중심의 입법으로 지나친 제도적 장치가 될 수 있다.

법(法)은 만능(萬能)일 수 없고 상식선(常識線) 그 이하 이상도 아니다.

그 잣대는 엄격해야 하나 일호(一毫)의 차별이 허용되어서도 안 된다. 예를 들어 빵 한 조각을 훔쳐도 법을 들이대면 절도죄가 성립될 수 있고 권력과 재력을 갖춘 인사들에게 관대한 법이 적용된다면 강자에게는 거짓이 정의를 깔아뭉개게 될 틈이 생기고 약자는 숨 한 틈 쉴 수 없는 공간이 생기게 된다.

재시(財施)는 등잔불 같아서 조그마한 방(房)안을 밝힐 수 있고 법시(法施)는 햇빛 같아서 멀리 천하를 두루 살필 수 있다는 금언(金言)을 잠시도 잊어서는 안 된다는 말이다.

제 3 장

지도자상

指 導 者 像

참 지도자는 누구인가? 리더십은 무엇인가?

변치 않는 신념, 존경스러운 인격, 불굴의 의지,

바다 같은 도량을 갖춘 사람을 말한다.

그러면 우리나라의 실상은…….

정치적 인생政治的人生

중국 시진핑(習近平)의 중국몽(中國夢)의 설계자 왕후닝(王滬寧) 전 푸단대(復旦大) 교수를 소개합니다. 그는 중국의 실력자 장쩌민(江澤民), 후진타오(胡錦濤), 시진핑(習近平) 등 3대(代)에 걸쳐 '제왕(帝王)의 스승', 즉 제사(帝師)의 역할을 했으며 장쩌민의 「3个代表論」, 후진타오의 「科學的發展論」, 시진핑의 「中國夢」 이론을 제공한 측근이기도 합니다.

그는 별칭으로 능간(能干): 능력 있고, 유재화(有才華): 재치가 있으며, 일목십행(一目十行): 한눈에 글을 10줄씩 읽는 재주로 하루에 3권의 책을 읽었습니다.

王의 정치적 신념은 중국이 개혁에 올인하기 위해서는 중앙으로 권력이 집중되어야 하고 가난에서 벗어나기 위해서는 계명전제(啓明專制)가 필요하며 신권위주의(新權威主義)에 강한 집착을 가지고 있었습니다.

오늘 제가 드릴 말씀은 그의 저서 정치적 인생(政治的人生)의
요점입니다.

"누가 정치인인가?
죽음 앞에서 변치 않는 신념(信念),
동서양을 넘나드는 학문(學問),
존경하지 않을 수 없는 인격(人格),
멀리 내다보는 시야(視野),
불요 불굴의 의지(意志),
모든 시냇물을 받아들이는 바다와 같은 도량(道量),
대세를 판단하는 능력(能力)을 갖춘 사람입니다."

실로 한 나라의 정치지도자가 갖춰야 할 덕목(德目)과 자질
(資質)을 제시한 대륙 풍(風)다운 함의(含意)가 있습니다.
그런데 이 땅의 지도자들은 어떠합니까?
독선과 아집, 내 편만 생각하는 정치꾼, 모리배(謀利輩)들이
십상시(十常侍)처럼 날뛰고 있으니 개탄스러울 뿐입니다.

끝으로 왕후닝의 연인(戀人)을 소개합니다.
❖ 동학련(同學戀): 그는 젊은 시절 동갑내기 푸단대(復旦大) 공

붓벌레인 저우치(周琪)와 결혼하였으며

❖ 사생련(師生戀): 푸단대(復旦大) 재직 시에는 스승과 제자 사
이로 무려 12살 어린 샤오자링(蕭佳靈)과 사
랑했으며

❖ 세대련(世代戀): 노년에는 서른 살 연하의 미모의 여인과 한
세대 차이 나는 남다른 연애를 했습니다.

〈2020. 7. 26.〉

태종太宗 이방원李芳遠의 치적

    요즘 태종 이방원의 리더십이 회자(膾炙)되고 있다. 그는 조선조 3代 왕위에 올라 형제, 정적을 죽인 냉혈한(冷血漢) 군주(君主)이기도 하지만, 미래를 한발 앞서 설계한 눈 밝은 지도자이기도 하다.

    이방원은 태조 이성계와 신의왕후 사이 5번째 아들로 태어나, 스스로 왕족의 핏줄로 만족지 않고 고려말 때 과거시험 문과에 당당히 급제(17세 때)함으로써 문무(文武)를 겸비한 왕(王)이 되었다.

    조선 건국 뒤, 이방원은 정안군(靖安君)으로 책봉 받아, 두 차례에 걸친 왕자(王子)의 난(亂), 외척의 척결, 정도전(鄭道傳)과의 갈등 관계를 거치면서, 피바람을 일으키며 34세 때 등극하여 18년을 재임했다.

옥좌(玉座)를 지키는 동안 그는 왕조의 백년대계(百年大計)를 위해 고관대작의 피는 흘렸지만, 결코 백성을 해(害) 하는 경우가 없었고 이 터전 위에 조선조의 태평성대(太平盛代)를 누리는 초석(礎石)을 다졌다.

태종 이방원의 치적(治績)을 통해 탁월한 리더십을 살펴보면 다음과 같다. 첫째 그는 당대(當代)보다 후대(後代)를 위한 긴 안목의 정치를 구현하기 위해 왕권강화(王權强化)에 힘썼다.

이를 위해 자신을 도운 공신(功臣)은 물론 외척을 매정하게 숙청하여 차기 세종의 선정(善政) 바탕을 이뤘으며, 6조(曹){이(吏), 호(戸), 예(禮), 병(兵), 형(刑), 공(工)}를 관장하던 의정부(議政府: 영의정, 좌의정, 우의정)를 유명무실화하여 6조(曹) 직계제(直啓制: 왕의 명령을 직접 하달하고 보고하는 제도)로 개편하고, 의흥삼군부로 공신들의 사병(私兵)을 집결시켜 임금이 병권(兵權)을 장악하는 한편, 경제의 안정과 물류의 효율화를 위해 수도(首都)를 한양(漢陽)으로 천도(遷都) 했다.

둘째, 왕조시대 문물개선(文物改善)에 앞장섰다. '태종 1년(1401년). 백성들의 억울한 일을 직접 해결해 주기 위해, 대궐 밖 문루(門樓)에 신문고(申聞鼓)를 설치, 민의상달(民意上達)의 근본을 보여줬다.

호패법(號牌法)은 조선시대 16세 이상 양인(良人) 남자가 신분증(현 주민등록증) 같은 호패를 차고 다니도록 한 제도로, 유민방지(流民防止)와 군역(軍役), 세금을 정확하게 거둘 수 있게 했다. 이외에도 '노비변정도감'을 설치해 억울하게 노비가 된 자를 해방했다.

셋째, 인재등용(人材登用)과 주변외교(周邊外交)에 본보기가 됐다. 태종은 지공(至公, 지극히 공정함)의 실천을 위해 사(私)를 희생했고 책임지는 리더십과 인재등용의 문을 활짝 열었다. 일 처리 때에는 두괄식(頭括式, 치밀하게 전체 그림을 그린 후 국면을 조성 성취함) 기법을 원용하여 오명(汚名)은 자신이 안고 영광은 후대 세종(世宗)에게 물려줬다.

인재(人材)도 능력과 곧음(直)을 최고 덕목으로 삼아 발탁했으며, 이는 본인 스스로 조선의 역대 왕(王) 중 과거시험에 합격한 유일한 왕이었음을 입증하는 대목이다.

지금 우리의 현실은 어떠한가?

文 정부 5년간 정치, 사회, 경제, 외교, 안보 등 어느 것 하나 제대로 된 정책이 없다. 부동산, 탈원전, 소주성 경제정책, 북핵 등 빛 좋은 개살구는 이미 웃음거리가 된 지 오래고 겁먹은 권력자의 말기적 현상만이 세상을 뒤덮고 있다.

'문재명(文在明)'… 현재 신문과 SNS상에 많이 나도는 호칭(呼稱)의 하나이다.

장차 대한민국이 나아가야 할 진로(進路)를 생각해 볼 때 이 인삼각(二人三脚)형의 행보(行步)가 가능할까? 몸은 둘인데 한쪽

다리는 서로 묶어 셋이 되는 오리발 걸음의 행태로는 아무리 국민이 꽃길을 만들어 줘도 그 발자취는 뒤뚱거릴 수밖에 없다. 그래서 사람들은 "문재인(文在寅) 하나로 족한데 왜 또 이재명(李在明)인가?"라는 슬랭(Slang)이 나돌고 있는 것 같다.

　바야흐로 대선가도(大選街道)는 오리무중(五里霧中)이다. 한일중(韓日中) 동북아의 3강(强)으로서 장차 '환(環)태평양시대'를 이끌어 갈 한국의 강한 리더십의 소유자는 과연 누구인가? 그 해답은 단 하나뿐, 뚝심이 있고 배짱 좋은 힘센 청소부가 필요하다. 신적폐(新積弊)를 청산하려면 다다익선(多多益善)도 좋겠지만 이것 하나만이라도 해결된다면 더 이상 바랄 것이 없는 필요충분조건이 되지 않을까 싶다.

〈 2022. 2. 27. 〉

건국 대통령
이승만李承晩 박사

우리나라 국부(國父)이자 건국 대통령이신
우남(雩南) 이승만 박사가 그립습니다.
당신께서는 암울한 시대 선진 문물을 깨우친 선각자이시며
조국의 독립을 앞장서 외쳤습니다.

해방되자 대한민국 초대 대통령이 되시어
이 나라 자유 민주 시장경제의 터전을 닦으시고
국가건설(Nation building)의 초석(礎石)을 다지는 데
온몸을 다 바쳤습니다.

6·25 남침(南侵)을 맞아 독자적인 포로 교환 결정,
한미 군사동맹의 인계철선(引繼鐵線)을 맺은 것은

신(神)의 한 수(數)요. 탁월한 선택이며
역사(歷史)에 길이 빛날 공적입니다.

이후 산업화 민주화 정보화 시대를 거치면서,
건국 70년 오늘의 한국을 세계 5대 강국(强國),
10大 경제대국(經濟大國), G8 국가로 발돋움하는
'세계 속의 한국'을 뒷받침했습니다.

그러나 4·19 때 '독재자' 누명을 쓰고
옛 살던 이국땅으로 망명(亡命)하셨으니
고국산천이 그리워 어찌 눈(眼)인들 고이 감으셨겠습니까?'
하물며 일평생 쌓은 족적(足跡)과 치적(治績)의 폄하는
우리 모두의 수치(羞恥)요 국민 된 자(者)의 도리(道理)가
아닙니다.

역사를 잊은 민족에게는 미래가 없다고 했습니다.
이념의 갈등을 넘어 역사 바로 세우기 위해
더 늦지 않게 고인에 대한 재평가(再評價)와 예우(禮遇)는
이 시대의 책무이며 우리들 몫입니다.

여기 우남(雩南)께서 남기신 한시(漢詩) 한 수(首) 옮깁니다.

歸國後有感   귀국 후 유감

雩南 李承晚 우남 이승만

三十離鄕 七十歸   삼십이향 칠십귀
欧西美北 夢依依   구서미북 몽의의
在家今日 還如客   재가금일 환여객
到處逢迎 舊面稀   도처봉영 구면희

귀국 소감

서른에 고향 떠나 일흔에 돌아오니
구라파 서쪽 미국 북쪽 꿈속에 아득
제 집에 있는 오늘 오히려 손님 같아
곳곳에 만나는 사람마다 옛 얼굴 드물어.

구국의 지도자
박정희朴正熙 대통령

구국의 혁명가! 민족 중흥의 아버지!

박정희를 잊어선 안 된다. 박정희 대통령! 그는 누구인가?

그는 이 땅에 산업화를 이끈 주역으로서 5천 년 가난의 굴레를 벗겨 주었으며 이러한 자산이 토양이 되어 민주화를 앞당기는 초석을 다졌다.

1961. 5. 16. 미명을 뚫고 군사혁명을 주도한 그는 '위국헌신(爲國獻身)', '조국근대화(祖國近代化)', '하면 된다'라는 정신 아래 입(口)으로만 떠드는 왕(王)의 전제(專制)가 아닌 솔선수범하는 일꾼의 통치자로서 제2의 국가건설에 앞장섰다.

이로부터 2년 7개월간 '국가 재건 최고회의' 의장으로서 군사정부를 이끌면서 농어촌 고리채 정리, 가족계획, 문맹 퇴치, 근면·자조·협동을 통한 '새마을운동'을 추진하면서 절대

빈곤으로부터 해방과 제2의 국가건설을 위한 정지 작업과 국민성 개조에 나섰다.

이후 박정희는 민정(民政)으로 전환하여 5대(代: 5, 6, 7, 8, 9대)의 대통령을 역임하면서 총 18년 5개월간을 집권, 조국 근대화를 위한 그의 불굴의 개혁과 개발의 역정은 요원의 불길처럼 전국으로 번져 나갔다.

1963년 12월, 대한민국 3번째 대통령으로 취임한 그는 두 차례에 걸친「경제개발 5개년 계획」을 성공적으로 추진한 결과 경제성장률 연평균 8.8%, 수출은 1964년 1억$(달러)에서 1970년 10억$(달러)를 달성, 연평균 41.3%의 경이적인 성과를 기록하는 한편, 1965년에는 미해결의 장(章)이었던 한일(韓日) 기본조약을 체결, 재일교포의 법적 지위 및 대우, 귀속재산 처리, 강제노동 보상 및 위안부 처리 문제를 포함한「청구권」협정을 해결함으로써 한일 간 새로운 시대를 열었다.

1970년도를 전후(前後)해 국내 정치 상황은 백척간두(百尺竿頭)에 서 있었다. 3선(選) 개헌 반대를 빌미로 대학생들의 끊임없는 반대 투쟁, 이를 부채질하는 정치꾼, 종교인, 지식인들의 동조(同調)는 결국 '10월 유신(維新)'을 불러왔다. 이어 1972년 유신헌법이 제정 선포되고 국회해산, 헌법상 효력 일부 정지, 정당 활동이 금지되는 등 민주주의는 후퇴되고 결국 20여 년 집권의 길을 터준 결과가 되었다. 그러나 이 기간에도 선진국을 향한 건설의 진군은 계속되어 연평균 경제성장률 10%를 상회, 국격(國格)의 상승과 민주시민의 권한과 역할은 증진되었으나 장기 집권에 대한 국민적 우려와 빈부격차에 대한 불만도 숨 쉬고 있었다.

박 대통령은 집권 후반기 들어 중화학공업 육성에 혼신의 열정을 쏟았다.

그 재원은 한일 청구권에서 확보된 5억 달러(무상 지원 3억 달러, 장기차관 2억 달러)를 종잣(種子)돈으로 해서 국가경쟁력을 확충하는 길이 곧 강제노동 및 위안부로 동원된 원혼을 달래는 길임을 누구보다 잘 알고 있었다.

지금 영일만 호미곶에 「포항제철소」를 건설하고 거기에서 생산된 산업의 쌀인 철강(鐵鋼)을 자동차, 조선, 가전제품 등으로 연계시켜 불(火)을 붙이는 것이다.

경부고속도로 건설도 같은 맥락이다. 많은 건설비용의 부담과 추진 사례가 없다는 반대에도 불구하고 오로지 굳은 신념과 의지 하나로 초지일관(初志一貫), 오늘날 전국을 1일 생활권화(生活圈化)하고 물류의 동맥선(動脈線)이 된 것은 그만이 할 수 있는 일이기에 가능했다.

혹자(或者)는 10월 유신(維新)을 욕(辱)한다. 언필칭, 그를 '독재자'라고 노래하듯 힐난하고 있다. 5·16은 권력을 잡기 위한 단순한 쿠데타가 아니며 10월 유신은 장기 집권을 위한 수단이 아님은 더더욱 그렇다. 일찍이 중국의 덩샤오핑(鄧小平)이

마오쩌둥(毛澤東)을 공칠과삼(功七過三)이라 평(評)했지만, 한국의 박정희는 공구과일(功九過一, 잘한 것이 9라면 잘못한 것은 1도 안 된다)도 뛰어넘는 위대한 한국인이 아니던가?

도시국가 싱가포르의 전 수상 이콴유(李光耀)는 '아시아의 3용(龍) 지도자'로 한국의 박정희 대통령, 중국 개혁 개방의 설계자 덩샤오핑(鄧小平), 일본 전 총리 요시다 시게루(吉田茂)를 꼽은 것은 무슨 뜻인가?

우리는 아시아의 3龍 박정희 보유국(保有國)이다.

그는 분명 한국이 낳은 위대한 혁명가요 지도자다.

호사유피 인사유명(虎死留皮 人死留名: 호랑이는 죽어서 가죽을 남기고 사람은 죽어서 이름을 남긴다)이라는 옛말과 같이, 그는 분명히 이 겨레를 위해 가죽도 남기고 피와 땀, 눈물 어린 이름을 남기신 큰 어르신이다.

百鍊剛　백련강

精金 百年出 紅爐　　정금 백년출 홍로
梅花 寒苦發 淸香　　매화 한고발 청향

좋은 쇠는 뜨거운 화로에서 단련 끝에 나오며
매화는 세찬 추위를 겪은 뒤에야 맑은 향기를 발한다.

〈 2021. 5. 16. 〉

한국과 대만臺灣의 리더십

올해 8월, 한국과 대만은 같은 하늘 아래서 최신예 전투기 환영연(宴)을 연출했다. 먼저 대만의 '매서운 언니(辣臺妹), 차이잉원(蔡英文) 총통'은 지난 도쿄 올림픽대회에서 자국의 탁구선수가 중국을 물리치고 금메달을 획득하자 온 국민의 뜻을 담아 귀국편에 신예 전투기 편대를 보내 국민적 대환영을 했다. 가히 본성인(本省人) 출신의 객가인(客家人)다운 처세다.

이에 뒤질세라 한국의 문(文) 대통령도 76주년 광복절 이튿날 100년 만에 귀국하는 홍범도(洪範圖) 장군의 유해를 맞이하기 위해 특별수송기도 모자라 최신예 전투기를 보내 영접하고 독립운동에 이바지한 공로로「건국훈장 대통령장」을 추서하기도 했다.

홍범도 장군이 누구인가?

그는 만주 독립군 총사령관으로 동오동 전투에서 일본군을 쳐부순 승장(勝將)으로 기록되지만, 그의 인생 역정의 명암(明暗)도 그만큼 크다. 그는 일본군 추적을 피해 여운형, 조봉암 등과 함께 소련 '레닌'을 접견하고 레닌으로부터 친필 서명 총 한 자루, '조선군 대장' 증명서, 금화 100루블을 받기도 했다.

말년에는 소련의 사주를 받는 이동휘의 계략에 빠져 수많은 독립군을 죽음에 이르게 한 '자유시 대 참변 사건'에 연루되기도 했으며, 해방 후 반공(反共)을 국시(國是)로 한 대한민국 정부로부터 배척된 기피 인물로서 군복을 벗은 뒤에는 카자흐스탄에 이주하여 75세 일기로 세상을 떠났다.

한편 차이잉원은 세계적 여성 정치가(Statesman)로서 재선의 총통을 역임하면서 중국의 일국양제(一國兩制) 대신 일변일국론(一邊一國論)을 주장, 중국의 종속화를 거부하고 친미반중(親美反中)의 정책을 고수해 왔으며, 전 세계 수교국이 15개국에 불과한데도 미국과 동맹을 강화하고 자유 민주주의 가치를 내세우면서 "대만은 더 이상 혼자가 아니다."라고 외치고 있다.

대만의 경제는 2020년 중국을 제치고 경제성장 세계 1위, 코로나 팬데믹 방역 성공, 반도체 업체 TSMC(세계 반도체 시장 점유율 66%)의 호황에 힘입어 최근 5년간 평균 경제성장률

4.4%(한국 1.85%)를 나타내 보이면서 자유 민주주의와 반도체라는 쌍두마차가 이끌어가는 세계의 불침항모(不沈航母)가 되고 있다.

그러면 한국은 어떠한가?

북핵의 위협을 늘 머리 위에 이고 살며, 제2의 남침(南侵) 야욕을 현실에서 직시하고 있는 이때, 정치는 이전투구(泥田鬪狗), 경제는 외화내빈(外華內貧), 사회는 민노총(民勞總)의 무도한 극성을 하루가 멀다고 보고 있다.

무릇, 통치자는 국가의 백년대계(百年大計)를 위한 목표와 비전을 국민에게 제시하고, 구성원을 이해 설득할 수 있는 리더십을 보여줘야 한다. 불행히도 우리는 그 리더십의 부재(不在)를 한(恨)스러워하고 항상 책임지는 자세보다 뒤에서 숨는 그 서글픈 현장을 개탄하며 지켜보고 있을 뿐이다.

한국과 대만은 지정학(地政學)적으로 일의대수(一衣帶水)의 이웃 나라다. 비록 땅덩어리는 대륙의 끄트머리에서 골리앗 중국을 맞대고 있지만 두 나라는 자유민주 진영의 잘 나가는 우방국(友邦國)이다.

하나의 중국을 외치는 중국은 외교 역학상(力學上) 북한이 대한민국을 공격해 주기를 은근히 바라고 있을 것이다. 대만의 또 다른 여성 정치가이자 전 부총통인 뤼슈렌(呂秀蓮)은 "중국은 사납게 공격하는 사자다. 전 세계인은 사자의 공격을 막기 위해 단결하자."를 강조한다. 자! 그러면 이 난세(亂世)를

이끌어 갈 강한 리더십은 무엇이며, 그 소유자(Strong man)는
누구인가?

〈 2022. 1. 8. 〉

단디, 투표합시다

결코, 후보 단일화가
당선을 보장하는 건 아닙니다.
방심은 금물입니다.

이번 대선은 정권 교체, 자유 민주주의
국가를 향한 또 하나의 초석을 다지는
중차대한 분수령(分水嶺)입니다.

새 인물이 필요합니다.
뚝심 있고 배짱 두둑하며
국민이 키워 온 믿음직한 재목을
국민통합, 신적폐 청산, 나라 바로 세우기

적임자로 뽑아야 합니다.

얄팍한 선전선동술에 속지 맙시다.
말끝마다 거짓말만 일삼고
제 잘못을 남에게 덮어씌우며
세금으로 쇠고기 사 먹는
이런 철면피에게 나라 맡길 수 있나요?

한 번 속으면 그만이지
왜? 또? 속아야 합니까?
두 눈 똑바로 뜨고
정신 바짝 차려서
투표 단디합시다.

〈 2022. 3. 4. 〉

신 재조산하再造山河의 길

밤이 깊었다.
그러나 그 밤은 아름다웠다.
비록 초박빙의 신승(辛勝)이지만
위대한 국민의 승리였다.

새 대통령 윤석열(尹錫悅)에게 바란다.
뚝심, 배짱, 초심을 잊지 말고
제2의 재조산하(再造山河)를 위해
명운(命運)과 단심(丹心)을 바쳐라.

당신이 먼저 할 일은
문(文) 정권의 부정과 비리, 신적폐 청산과
정의 법치 공정이 숨 쉬는

이 나라 국기(國基)를 바로 잡아야 한다.

더 이상 북망가(北望歌)는 멈추고
굳건한 동맹(同盟), 국방(國防)의 힘 아래
자유 민주주의 기치를 더 높이고
시장(市場) 민생(民生)을 중시하는 경제를 되살려
항산(恒産)이면 항심(恒心)임을
치적(治績)으로 웅변하라.

더 늦지 않게
병(病)든 국민연금, 저출산, 노조 등
3악(惡)에 '개혁의 칼' 들이대
생살(膚)이 돋아날 수 있게 하면
이 어찌! 금상첨화(錦上添花)가 아닌가?

아!
5년간 동토(凍土)의 날은 가고
춘삼월(春三月) 새봄이 왔다.
分而必和 散而必聚 (분이필화 산이필취)
'나누어지면 어울리고 흩어지면 모인다'는 옛말처럼
오늘이 바로 국민통합(國民統合) 그날일세그려……

〈 2022. 3. 7. 〉

국가와 국민

"국가가 왜 국민의 삶을 책임지나?"

이 말은 얼마 전 어느 야권 대선 후보가 한 말을 여야(與野)가 물실호기(勿失好機)라 생각하고 입에 거품을 품고 서로 물어뜯는 것을 보았다.

한마디로 국가는 국토를 보전하고 국민의 울타리가 되어 생명과 재산을 보호하고 걱정 없이 편안한 삶을 살 수 있도록 지켜주는 것이 그 첫 기능이다. 시대가 진화될수록 국가의 역할은 국민에 대한 간섭과 개입을 줄이고, 개인이 갖고 있는 창의와 자유를 존중하며 특히 소외된 국민, 장애인, 미성년자, 극빈자 등 사회적 약자에 대해 복지기능을 확충하는 것은 당연한 일이다.

그러면 국가의 구성원인 국민은 누구인가? 국민은 국가에 소속된 개개인 자연인으로서 사회를 구성하는 인민(人民) 또는 백성(百姓)과는 구별된다. 법적인 개념을 떠나 이 시대의 '국민 된 자(者)'는 모름지기 불의에 저항하고 행동하는 양심을 가지며 법(法) 이전 상식 자유 민주주의를 갈망하는 시대정신을 지닌 사람을 일컫는다.

일례로, 턱없는 복지혜택 실시 여부를 묻는 국민투표에서 의연히 반대표를 던진 스위스 국민, 중국 정부의 보안법(保安法) 제정을 강하게 반대한 홍콩 시민들의 정신이 이에 속한다고 할 수 있겠다.

한편, 국민의 또 다른 이름인 인민 또는 백성은 남보다 제 속만 먼저 챙기려 하고, 푼돈에 약하며, 시키면 시키는 대로 말 잘 듣는 사람, 속으로는 불만을 가지고 있으면서도 겉으로는 표현하지 못하며, 입고 먹고 쓰는 데는 남보다 한발 앞선 사람들을 말한다. 이들은 한때 잘 나갔던 남미(南美)의 아르헨티나, 유럽의 그리스 등이 이 범주에 속한다고 할 수 있다.

그러면 국가와 인민은 어떻게 망(亡)하는가?

모든 나라는 외부의 적보다 내부의 이기주의(利己主義)나 포퓰리즘(Populism: 대중 영합주의) 때문에 망해 왔다.

로마제국이 그랬다. 로마는 인민의 환심을 사려 공짜로 빵을 주고 무료해지면 서커스까지 제공했다. 인민들은 국가가 필요로 하는 증세(增稅)는 거부하면서 복지(福祉)는 원했고, 위정자 및 엘리트는 국가의 미래 대응 전략을 고심하기보다는 오로지 표(票)에만 관심을 두고 포퓰리즘에 푹 젖어 국가에 떨어진 발등의 불은 모른 채 눈을 감았다.

여기서 잠깐, 도시국가 싱가포르의 국부(國父) 리콴유(李光耀)를 다시 소환해 보자.

그는 30여 년간 싱가포르의 총리직을 수행하면서 시장 완전 개방, 세계적 금융 허브 육성, "자유는 질서 속에서만 존재한다."며 「Clean and Green 정책」을 성공적으로 추진했다. 혹자는 그를 두고 자본주의와 사회주의 공존 추진, 빈부격차 심화, 저출산 초래, 아들 리센룽(李顯龍)의 세습 등을 꼬집으면서 혹평하고 있다.

하지만, 그는 사익(私益)보다는 공익(公益)을 중시하고 사회적 약자에 대한 값싼 배려 보다는 그 여력을 국가 발전에 총동원함으로써 도시국가 싱가포르의 오늘을 이룩한 장본인이다. 그는 평소, "싱가포르가 잘못되면 무덤에서 벌떡 일어나겠다.", "나 죽거든 살던 집을 기념관으로 만들지 말고 부숴버려라."라고 유언한 것은 자신에게도 엄격하고 똑같은 잣대를 들이댄 그만의 충심을 우리는 읽어야 한다.

지금 한국의 현주소는 어디쯤인가?

정치, 경제, 안보 등 난제(難題)가 산적되고 있는 현실이다. 무엇보다 국민연금, 국가부채, 저출산, 노조 개혁 등 시급한 과제는 국가와 국민이 한 덩어리가 되어 풀어야 할 발등에 떨어진 불(火)이다. 더 이상 집단, 지역 이익에 편중되지 않고, 병리(病理)를 알면서도 치유할 힘과 기회를 잃어서는 안 된다. 이것이 우리가 모두 어리석은 백성이 되지 말고 현명한 국민이 되어야 하는 까닭이다.

〈 2022. 6. 22. 〉

제 4 장

노변정담

爐 邊 情 談

겨울철 화롯불은 소통의 매개체이다.

정담(情談)이 있고 인생을 논하는 생활공간이다.

퇴직 후 제2의 인생을 살면서 따로 또 같이

생각하고 생활하는 이모저모를 담았다.

꼰대kkondae

얼마 전 영국의 BBC 방송 '오늘의 단어' 중 '꼰대'라는 한국어가 소개됐다. 꼰대는 자신이 항상 옳다고 믿는 나이 많은 사람 또는 잔소리가 많은 부모 세대, 학교 선생님들을 지칭하는데, 요즘은 꼴불견 직장 상사까지도 이 반열에 끼어들었다.

공자(孔子)는 인생칠십 종심소욕 불유구(人生七十 從心所欲 不踰矩: 사람 나이 70이면 마음 내키는 대로 행해도 법도에 어긋나지 않는다)라고 했다.

이 가르침은 후세 사람들이 잘못 받아들여 박이후구(薄耳厚口: 귀는 얇아져 남의 말 듣기 좋아하고 입은 두터워져 자기 말만 쏟아낸다), 망집(妄執: 사소한 일에도 고집을 부린다), 백우무행(百憂無行: 100가지 근심만 할 뿐 행하지 않는다) 등으로 알아듣고 오늘날 꼰대를 자초한 게 아닌가 싶다.

　지금 한국인의 갈등(지역, 노사, 이념) 지수는 세계 수위권에 달한다. 이 갈등의 요소를 혹자는 정치적 변수로 활용, 국정 문란과 국론분열, 지역 이기주의에 함몰되고 있는 판국에 여기에 세대 간 갈등을 추가한다면 앞으로 이 나라의 장래는 어떻게 될 것인가?
　어른은 어른다운 역할과 본보기를 보일 때 더욱 빛이 난다.
　비록 조언과 간섭의 경계는 모호하지만, 지금껏 살아온 경험과 경륜을 바탕으로 절제된 생각과 행동으로 사회의 모범이 되고 기둥이 되는 자리매김이 그 어느 때보다 절실하다고 본다.

~ 나뭇잎이 벌레 먹어서 예쁘다.
남을 먹여가며 살았다는 흔적은
별처럼 아름답다. ~

- 이생진의 시(詩)「벌레 먹은 나뭇잎」에서

〈 2019. 10. 8. 〉

중국의 실화
「버스 44번」의 교훈

언젠가 읽었던 중국의 실화(實話) 「버스 44번」이 생각난다.

우리 주변에 「버스 44번」의 승객 같은 방관자는 없는지 한 번쯤 하늘을 우러러 성찰해 볼 때다.

이 실화의 줄거리는 중국 어느 산골 버스에 불량배 4~5명이 타면서 시작된다. 이들은 젊고 아름다운 여성 운전사에게 음심(淫心)이 발동, 갖은 희롱과 시비를 걸어 안전 운행을 방해한다. 이에 이를 지켜본 중년의 한 승객이 점잖은 말로 나무라지만 여성 운전사는 더 이상 안전 운행을 할 수 없음을 알고 차를 세운다.

이 틈을 이용해 불량배들은 여성 운전사를 강제로 산속으로 끌고 가 윤간을 한다. 폭도들에게 일을 당한 여성 운전사는 헝클어진 몸매를 바로 잡으며 버스에 올라 그 중년의 남자를 당장 하차(下車)시키고 험준한 절벽 끝으로 차를 몰아 그대로 전 승객들과 함께 천 길 낭떠러지로 몸을 던진다.

　　명말청초(明末淸初)　　중국의 사상가 고염무(顧炎武)는
　　天下興亡 匹夫有責　천하흥망 필부유책
　　　정권 망하는 것은 몇몇 정치인 잘못이지만,
　　'나라의 흥망은 필부에게도 책임이 있다'고 말했다.

지금, 이 나라가 어렵고 시끄럽다.

경제는 가보지 않는 길을 가면서 실험과 이념의 정치가 난무하고 안보는 평화라는 거짓 이름 아래 춤추고 있다.

더러는 '태극기 부대'라는 누명을 덮어쓰고 땡볕이 쏟아지는 광화문 광장에서 자유와 민주를 외치고 있는가 하면, 일부는 오불관언(吾不關焉: 나 몰라라)하며 눈만 깜박거리고 좌우를 살피는 못난 방관자(傍觀者)가 수두룩하다.

아무리 감인대(堪忍待: 견디고 참으며 기다린다)를 되뇌며, 난망주(難忘酒: 세상사 번거로운 일 잊게 해주는 술)를 들이켜 본들 개과천선(改過遷善)과 진덕(眞德)은 보이지 않는다.

양아치에게 당한 이 여성 비스 기사의 처절한 울분이 이 나라의 현실을 수수방관하는 필부들의 못남을 보는 듯해 마음이 아프다.

出乎爾者 反乎爾者　　출호이자 반호이자

너에게 나온 것이 너에게로 돌아간다.

우리 모두 방관자가 되지 말고

한 번쯤 자신을 되돌아보는 기회를 가졌으면 좋겠다.

〈2019. 6. 10.〉

고전古典에서 읽는
물水의 단상斷想

고전은 따분한 옛글이 아니다.
옛것을 살펴 새로움을 밝히는
온고이지신(溫故而知新)이다.

❖ 觀水洗心 觀火美心 〈莊子〉 관수세심 관화미심 〈장자〉
물을 보며 마음을 씻고 꽃을 보며 마음을 아름답게 하라.

❖ 觀水有法 必觀其瀾 〈孟子〉 관수유법 필관기란 〈맹자〉
물을 보는데 방법이 있으니, 물의 흐름을 보되 그 여울목
을 보아라. 즉, 여울목에서 부딪치는 소리와 물보라를 보
아야 물의 크기, 기세를 알 수 있듯 세상의 이치도 이와
같다.

❖ 静水流深 深水無聲〈孟子〉 정수유심 심수무성〈맹자〉
조용한 물은 깊이 흐르고 깊은 물은 흐르는 소리가 없다.

❖ 水可載舟 亦可覆舟〈孟子〉 수가재주 역가복주〈맹자〉
물은 배를 띄우기도 하고 배를 뒤집기도 한다.

❖ 逆水行舟 不進則退〈孔子〉 역수행주 부진즉퇴〈공자〉
물을 거슬러 배를 운행하는 것처럼, 앞으로 나아가지 못
하면 뒤로 밀려나게 된다. 즉, 중도에 멈추거나 후퇴하면
출구가 없다.

❖ 流水今日 明月前身〈中國詩學書〉
유수금일 명월전신〈중국시학서〉
흐르는 물이 오늘의 모습이면 밝은 달은 전생의 모습이다.

❖ 春江水暖 鴨先知〈蔬東坡〉 춘강수난 압선지〈소동파〉
봄이 오면 강물이 먼저 따뜻해지고
강물에 있는 오리가 먼저 안다.

❖ 淺水養 不在大漁 천수양 부재대어
얕은 물에서는 큰 물고기가 살 수 없다.
현대판 "사람은 서울로 말은 제주도로 보내라" 뜻

❖ 月滿則虧 水滿則溢　월만즉휴 수만즉일

　보름달은 곧 이지러지고 물은 가득 차면 넘친다.

❖ 行雲流水 初無定質〈蘇東坡〉

　행운유수 초무정질〈소동파〉

　떠도는 구름과 흐르는 물은 애당초 정해진 바탕이 없다.

❖ 逢山開路 遇水架橋〈三國志〉

　봉산개로 우수가교〈삼국지〉

　산을 만나면 길을 뚫고 물을 만나면 다리를 놓는다.

❖ 水至淸卽無魚 人至淸卽無徒〈屈原〉

　수지청즉무어 인지청즉무도〈굴원〉

　물이 너무 맑으면 물고기가 없고

　사람이 너무 따지면 친구가 없다.

❖ 大鵬逆風飛 生魚逆水泳　대붕역풍비 생어역수영

　큰 새는 바람을 거슬러 날고

　산 물고기는 물을 거슬러 헤엄친다.

❖ 覆水不返盆 破鏡再不照〈姜太公〉

　복수불반분 파경재부조〈강태공〉

　엎질러진 물은 그릇에 담기 어렵고

　깨진 유리로는 다시 비출 수 없다.

❖ 財産平如水 積金候死 愚何甚〈林尙沃〉

　재산평여수 적금후사 우하심〈임상옥〉

　재산이란 물과 같은 것, 금(金)을 쌓아 놓고

　죽음을 기다리는 것, 얼마나 어리석은 일인가?

❖ 上善若水 水善利萬 物而不爭〈道德經〉

　상선약수 수선이만 물이부쟁〈도덕경〉

　최상의 선(善)은 흐르는 물과 같다.

　물은 모든 것을 이롭게 하고 서로 다투지 않는다.

❖ 君子之交淡如水 小人之交甘若醴〈莊子〉

　군자지교담여수 소인지교감약례〈장자〉

　군자의 사귐은 물처럼 담백하고

　소인의 교제는 술처럼 달콤하다.

❖ 大海波濤淺 小人方寸深　대해파도천 소인방촌심

　海枯終見底 人死不知心　해고종견저 인사부지심

　두순학(杜筍鶴)의 감우(感遇: 이런저런 생각)

　큰 바다 파도는 얕고 사람 한 치 마음은 깊네.

　바다는 마르면 바닥을 드러내지만

　사람은 죽으면 그 마음을 알 수 없네.

❖ 樹木等到花 謝才能結果　　수목등도화 사재능결과

　江水流到舍 江才能入海　　강수유도사 강재능입해

　　　　　　〈華嚴經〉　　　　　　〈화엄경〉

　나무는 꽃을 버려야 열매를 맺을 수 있고

　강물은 강을 버려야 바다에 이른다.

〈2019. 10. 7〉

세모음歲暮吟

또 한 해가 저물어 갑니다.

세월은 가고 오건만

日暮途遠(일모도원)³ 우리네 인생

枯木逢春(고목봉춘)⁴ 그날 올는지요?

松柏(송백)은 歲寒(세한) 뒤에야

늦게 시듦을 안다는데

이 세모에 당신이 그리는

餘生之畵(여생지화)⁵는 무엇입니까?

3　日暮途遠(일모도원): 해는 떨어지고 갈 길은 먼 나그네 신세
4　枯木逢春(고목봉춘): 메마른 나무에 꽃을 피울 수 없는 안타까움
5　餘生之畵(여생지화): 남은 생애에 대한 그림(자화상)

知足常樂(지족상락) 족함을 알고 즐기며
上善若水(상선약수)[6] 흐르는 물처럼
빈 마음으로 사는 게 어떨는지요.

老覺人生 萬事非　　　　노각인생 만사비
憂患如山 一笑空　　　　우환여산 일소공
人生事 空手來 空手去　　인생사 공수래 공수거

늙어서 생각하니 인간 만사 아무것 아니네.
걱정이 태산 같으나 한번 웃으면 그만인 것
사람 한평생 빈손으로 왔다 빈손으로 가는 것을.

〈2019. 12. 22〉

---

6 上善若水(상선약수): 최선은 물 흐르듯 하는 생활, 가치를 말함. 莊子(장자)

❖ 한강변 노을

아호예찬雅號禮讚

'나'는 누구인가?
내 몸이 '나'인가 아니면
내 이름(名, 字, 號)이 '나'인가?

이름 명(名)은 '나'를 낳아 주신 부모님께서 지어준 것이고
자(字)는 남아 20세 때 성년(成年)·관례(冠禮) 후 갖게 되며(禮記, 예기)
호(號)는 '나'의 뜻, 생각을 밝히는 또 다른 나(自我, 자아)를 대신하는 제2의 별칭이자 내 몸의 주인이다.

아호는 한자(漢子) 문화권에서 주로 사용하지만, 이외에도
택호(宅號: 여성들의 출신지 호칭, 예, 천안댁)

당호(堂號: 인명 대신 집·거처 명, 예, 압구정狎鷗亭)

군호(君號: 작위를 대신하는 호칭, 예, 충녕군忠寧君)

시호(諡號: 사망 뒤 공덕을 기려 부름, 예, 충무공忠武公)

묘호(廟號: 선대왕을 높여 부름, 예, 태조太祖, 세종世宗) 등으로 쓰는 경우도 많다.

조선(朝鮮)조 인명록(人名錄)인 호보(號譜)에 의하면

호(號)는

소처이호(所処以號: 거처·인연 있는 곳, 예, 퇴계退溪, 율곡栗谷, 화담花潭)

소지이호(所持以號: 지향하는 목표, 예, 일죽一竹, 벽계수碧溪水, 소월素月)

소우이호(所遇以號: 철학, 고전에서 인용 예, 여천戾天, 남명南冥, 취은醉隱)

등으로 짓고 존경하는 스승, 절친(切親)이 아니면 스스로 짓는 경우도 많다.

내 경우는 한 때 아호를 해석(海石: 고향 바닷가 한 알의 돌)으로 불렸지만, 대학 진학 후 마음이 바뀌어 소산(素山: 본디, 소박할 소素, 뫼 산山)으로 고쳐 쓰게 되었다. 이를테면 소지이호(所持以號) 범주에 속한다고나 할까?

내 인생을 살아가면서 생각하고 말하고 행동하는 것이 늘 소박하고 참되며 꾸밈이 없고 그 모습 또한 산과 같이 중후하고 흔들림 없기를 바라는 마음 때문이리라.

어느덧 우리네 인생도 내일모레 산수(傘壽)를 바라보고 있다. 소꿉친구 때야 이름을 막 불러도 좋겠지만 아무리 친구 사이라도 이제는 남의 존칭을 함부로 부를 수는 없지 않겠나?

여기에서 감히 노옹(老翁)들에게 제안한다.

비록 우리 모두 황혼녘에서 무위이불위(無爲而不爲: 아무것 하지 않으나 기실 못하는 일 없이 다 하다)하고, 불위야 비불능야(不爲也 非不能也: 하지 않는 것이지 못 하는 것이 아님)를 서로 다 같이 인정하고 또 다른 '나'를 표현하는 멋진 아호(雅號)를 저마다 작명하여 늘그막 술 한잔 놓고 소이부답(笑而不答: 웃으면서 대꾸하지 아니함) 하며 노후(老後)를 즐기는 게 어떨까 생각한다.

〈 2020. 3. 10. 〉

해군성解裙聲

오랜 기억 속에 저장해 둔 한시(漢詩) 몇 구절이 생각난다.

조선 선조 때 어느 환송연(歡送宴) 석상에서 당대의 문장가이자 정치가 5인 송강 정철(松江 鄭澈), 일송 심희수(一松 沈喜壽), 서애 류성룡(西厓 柳成龍), 월사 이정구(月沙 李廷龜), 백사 이항복(白沙 李恒福)이 모여서 '이 세상에서 가장 아름다운 소리가 뭘까?'라는 시제(詩題)를 두고 시(詩) 경연을 펼쳤다.

먼저 정철이 운(韻)을 뗐다.
　　　清宵朗月 樓頭遏雲聲　청소낭월 누두알운성
맑은 밤 밝은 달빛이 누각을 비추는데 지나가는 구름 소리

그러자 심희수가 이어받는다.

滿山紅樹 風前遠岫聲　만산홍수 풍전원수성
온 산 가득 찬 붉은 단풍에 스쳐 불어가는 바람 소리

이를 받아 류성룡이 한 수(首) 띄우기를
曉窓睡餘 小槽酒滴聲　효창수여 소조주적성
새벽 잠결에 들리는 아내의 술 거르는 소리

이어서 이정구가 대꾸하기를
山間草堂 才子詠詩聲　산간초당 재자영시성
마을 초당에서 도련님의 시 읊는 소리

마지막으로 이항복이 읊었다.
洞房良宵 佳人解裙聲　동방양소 가인해군성
깊숙한 골방 안 그윽한 밤에
아름다운 여인의 치마 벗는 소리

이날의 장원(壯元)에는 오성대감(鰲城大監) 이항복 차지였다.
오성은 임진왜란 때 병조판서를 교대로 했던 한음(漢陰) 이
덕형(李德馨)과 유명한 교우(交友) 관계를 나눈 주인공이다. 오
성의 기지와 해학이 넘치는 이 시구는 그의 시호 문충(文忠)답
게 친구 간 의리, 공직 때의 청백리(淸白吏) 상징처럼 진솔했으
며, 당시 3상(三相, 이덕형, 이항복, 이원익)을 대표하는 호기로운

성품이 그대로 표현되었다.

　여기서 잠깐, 명기(名妓) 황진이(黃眞伊) 사례를 보자.

　황진이는 당시 생불(生佛)이라던 지족선사(知足禪師)를 파계(破戒)의 경지로 몰아붙였으며 벽계수(碧溪水)라는 왕족의 콧대를 꺾어 놓은 명기답게 최고의 은둔 학자 서경덕(徐敬德)을 유혹했다.

　비 오는 어느 날 황진이는 10년 면벽수행(面壁修行)을 하는 스님을 찾아가 "산속에서 갈 데가 없으니 하룻밤 재워 달라"고 간청했다. 이 스님은 가련한 여인의 부탁을 떨치지 못하고 희미한 촛불만 타고 있는 방에서 돌아앉아 지그시 눈을 감고 있었지만, 등 뒤에서 들려오는 여인의 옷 벗는 소리에 10년의 불공(佛供)도 부질없이 도로 아미타불이 됐다.

　물론 이 이야기는 당시 불교를 폄훼하기 위해 성리학자(性理學者)들이 지어낸 우화(寓話)에 불과하지만, 가히 해군성은 신앙, 성인의 경지를 뛰어넘는 불가역적 성역이 되고 옛 시인 묵객들의 글 짓는 소재가 된 듯싶다.

　무릇 남녀 간 운우지정(雲雨之情)은 고금동색(古今同色)이라 하던가?

　송강(松江) 정철(鄭澈)이 쓴 시조집(詩調集) 권화악부(權花樂府)

에 이런 러브스토리가 있다. 송강이 전라도 관찰사 시절 당시 13세 기녀 진옥(眞玉), 일명 강아(江娥)를 만나 머리를 얹어 주려다 털끝 하나 손대지 않자 이에 진옥이 발끈해 두 정인(情人)이 주고받은 수작(酬酌)이 지금도 전해지고 있다.

❖ 정철: 옥(玉)이 옥이라 커늘 번옥(燔玉)만 여겼더니, 이제야 보아하니 진옥(眞玉)일시 분명하다. 나에게 살 송곳이 있으니 뚫어 볼까 하노라.

❖ 진옥: 철(澈)이 철(鐵)이라 거든, 감철(憾鐵)만 여겼더니 이제야 보아하니 정철(正鐵)일시 분명하다. 마침 내게 골 풀무 있으니 녹여 볼까 하노라.

이후 송강은 도승지가 되어 한양(漢陽)으로 복귀했다가 강계(江界)로 유배되어 강화(江華)에서 생을 마감했다.

진옥도 십년고절(十年孤節) 후 입산수도(入山修道)하여 송강의 적소(謫所)를 찾아 해후하고 지금의 고양(高陽) 땅 송강 마을에 묻혀 있다고 한다.

〈 2020. 6. 29. 〉

추성세한秋聲歲寒

가을이 오는 소리가 들리는가?

추성부도(秋聲賦圖)는 단원(檀園) 김홍도(金弘道, 영·정조 때 풍속화가)가 훗날 당송팔대가(唐宋八大家)의 한 사람인 구양수(歐陽脩)의 산문 추성부(秋聲賦)를 읽고 그림으로 그려낸 시의도(詩意圖)이다.

추성부의 화제(畵題) "별과 달이 환히 빛날 뿐 사방에 인적은 없고 소리는 나무 사이에서 납니다." 동자(童子)의 말이 추성부도에는 가느다란 세필(細筆)로 전문이 수록된 바, 이는 마치 두 예인(藝人: 구양수와 김홍도)의 인생무상(人生無常)과 말년의 심경을 노래하는 것 같아 쓸쓸하기만 하다.

추사(秋史) 김정희(金正喜)의 세한도(歲寒圖) 또한 그렇다.

추사가 제주에서 귀양살이로 가족과 떨어져 홀로 지내던

말년의 심회를 메마른 붓질로 쓱쓱 그려낸 세한도는 흡사 추성부도와 맞닿은 듯 조락기(凋落期)를 맞은 우리네 삶을 뒤돌아보게 한다.

세한도(歲寒圖)에는

歲寒然後 知松柏之後 凋也   세한연후 지송백지후 조야

'세찬 날씨를 겪은 뒤에야 소나무 측백나무가 늦게 시듦을 안다'라는 공자(孔子)의 말씀이 적혀 있다.

이 그림 좌우에는 우선시상(藕船是賞: 우선[7]이 먼저 보게), 장무상망(長毋相忘: 서로 오래도록 잊지 말자)는 추사의 인장이 찍혀 있다. 바다 건너 외로운 적소(謫所)에서 추사(秋史)의 가족에 대한 망향지심(望鄕之心)과 조선인의 굳은 선비정신, 제자에 대한 은혜와 의리에 감사하는 마음이 한 폭의 문인화(文人畵)에 녹녹히 표현되어 있다.

'一葉之秋 推一事可知' 일엽지추 추일사가지라 했던가?

하나의 일을 보면 열(十)을 아는 것처럼 나뭇잎 하나 지는 것을 보고 천하에 가을이 왔음을 안다고 했다.

50줄 넘은 취옹(醉翁)들과 문인(文人)들이 문득 가을바람에 스친 인생의 덧없음을 표현한 서정적 글과 그림이 후세의

---

7   추사의 제자 이상적(李尙迪)의 호(號)

사람들에게 이정표(里程表)가 되어 준 것에 대해 경의를 표할 뿐이다.

지금 국립중앙박물관에서는 「이건희(李健熙) 컬렉션)」과 단구(丹邱)[8]의 마지막 그림 「추성부도」, 겸재 정선의 「인왕제색도」, 그리고 「세한도」 전시가 한창 무르익고 있다.

〈 2021. 8. 9. 〉

---

8   김홍도의 말년 호(號)

추야우중秋夜雨中

해운 최치원(海雲 崔致遠)

秋風唯苦吟	추풍유고음
世路少知音	세로소지음
窓外三更雨	창외삼경우
燈前萬里心	등전만리심

가을밤 비는 내리고

가을바람에 외롭게 읊조리고 있건만
세상에 알아주는 이 드물구나
깊은 밤 창밖에 비는 내리고
등불 앞 이 마음은 머나먼 고향으로

이 시(詩)는 신라시대 대학자이며 문장가이신 고운(孤雲) 최치원(崔致遠) 선생의 글이다. 경주(月城) 최씨(崔氏)의 시조(始祖)이신 선생께서는 당시 신라의 골품제(骨品制)라는 높은 신분제의 벽(壁)에 가로막혀 자기 뜻을 펴지 못하고 낙향하여 불세출(不世出)의 여한을 이 시(詩)에 담아 울분을 토(吐)했다.

그는 12세 때 6두품(六頭品, 신라시대 17 관등 가운데 6 등위에 속하는 벼슬)의 신분을 벗어나기 위해 당(唐)나라에 유학, 18세에 이르러 당시 외국인을 위한 과거제 빈공과(賓貢科)에 장원(壯元)으로 급제하였다. 헌강왕 5년(879년)에는 '황소(黃巢)의 난'이 일어나자 '토황소격문(討黃巢檄文)'을 지어 반란군을 격퇴하면서 중국인들은 "황소를 패퇴시킨 것은 칼이 아니라 최치원의 글 때문이다."라고 문장가로서 그의 문명(文名)을 떨치게 했다.

이후 29세 때 신라로 귀국, 헌강왕은 그를 측근인 시독(侍讀)과 한림학사(翰林學士) 자리에 임명하고 해운(또는 고운)은 당(唐)나라에서 배운 학문과 기량을 펼치는 일환으로『桂苑筆耕』(계원필경, 현존하는 우리나라 최초 개인 문집)을 지어 헌강왕에게 진상했다. 한편 해운은 자신의 이상을 현실정치에 반영코자 개혁안「시무책(時務策)」, 10여 조(條)를 진성여왕에게 올렸으나 중앙 귀족의 반발로 실현되지 못했다.

이에 고운(孤雲) 선생은 40여 세에 관직을 버리고 은거를 결심하고 가야산 해인사, 하동 쌍계사 등 몇몇 사찰에 몸을 맡졌으나 당시 신라가 후삼국으로 분열되는 대전환(大轉換)의 시대를 맞아 더 이상 길을 찾지 못하고 속세를 등진 은둔거사(隱遁居士)로 삶을 마감하게 된다.

고운 선생은 말년 유교, 불교, 도교에 심취하여 이 3교(敎)의 통합을 제시하였으며 이 사상을 이어받은 최언위(崔彦撝), 최승로(崔承老) 등이 고려(高麗) 사회에 유교 정치의 이념과 새로운 국가체제를 확립하는 데 큰 역할을 했다.

한국 사회의 성씨신화(姓氏神話)는 경주 월성(月城) 최씨(崔氏) 문중에도 있었다. 예로부터 이물교구(異物交媾) 이류교혼(異類交婚)의 신화는 사람과 동물, 식물 사이에서도 아이가 태어난다는 속설(俗說)이 그것인데, 고운 선생의 경우에는 '금돼지'의 자식이라는 웃지 못할 신화가 있다.

고운 선생의 후손 경주 월성(月城) 최씨(崔氏)의 가문은 오늘날 경주, 포항을 잇는 형산강(兄山江) 지류를 따라 집성촌(集姓村)을 이루며 터전을 잡았다. 후손들은 선조(先祖)의 유지를 받들어 가문의 6훈(訓)과 6연(然)을 존숭하면서 어진 백성으로 땅을 갈고 농업을 일구어 만대(萬代)를 누리고 있다.

入山時 입산시

孤雲 崔致遠(고운 최치원)

僧乎莫道靑山好　승호막도청산호
山好何事更出山　산호하사경출산
試看他日吾踪跡　시간타일오종적
一入靑山更不還　일입청산경불환

스님이시여 산이 좋다고 말하지 마소.
산이 좋다면 무엇 때문에 산에서 나오십니까?
시험 삼아 훗날 나의 종적을 살펴보시오.
한번 산에 들어가면 다시 나오지 않으리다.

〈2021. 9. 5.〉

6훈 6연六訓六然

Noblesse oblige (노블레스 오블리주).

가진 자(者)의 사회적 책임을 말합니다.

6훈(六訓)과 6연(六然)은 경주 월성(月城) 최씨(崔氏) 가문의 시조(始祖)이신 고운(孤雲) 최치원(崔致遠) 선생께서 남기신 유지(遺志)를 받들기 위해 후손들이 만든 가훈(家訓)입니다.

6훈은 제가덕목(齊家德目)으로서 불문율(不文律)이며, 6연은 수신덕목(修身德目)으로서 성문화(成文化)된 것입니다. 이에 삼가 알려드리고자 합니다.

〈6훈六訓〉

1. 과거를 보되 진사(進士) 이상 하지 마라.
2. 재산은 일만 석(一萬石) 이상 지니지 마라.

3. 과객을 후(厚)하게 대접하라.

4. 흉년기에는 땅(地)을 사지 마라.

5. 며느리들은 시집온 뒤 3년 동안 무명옷을 입어라.

6. 사방(四方) 100리(里) 안에 굶어 죽는 사람 없게 하라.

〈6연六然〉

1. 自處超然(자처초연): 스스로 초연하게 지내라.

2. 對人靄然(대인애연): 빈부귀천 가리지 말고 평등하게
   대하라.

3. 無事澄然(무사징연): 일이 없을 때는 마음을 맑게 가져라.

4. 有事敢然(유사감연): 일을 당하면 용감하게 대처하라.

5. 得意淡然(득의담연): 성공했어도 경거망동 삼가라.

6. 失意泰然(실의태연): 실패했어도 태연히 행동하라.

위 6연(六然)은 명(明)나라 육상용(陸湘容)이 지은 시(詩)라는 설(說)도 있음을 아울러 밝힙니다.

참고로 최씨(崔氏) 가문이 제조한 「경주법주(慶州法酒)」는 조선 숙종 때 사옹원 참봉을 지낸 최국선(崔國璿) 어른께서 집안 우물물로 만든 찹쌀 순곡주로서 그 맛과 멋이 일품이라 주중왕(酒中王)이라고도 일컫습니다.

또한 경주(慶州) 월성(月城) 최씨(崔氏) 가문은 경주, 포항 일대

를 흐르는 형산강(兄山江) 지류를 막고 농토를 조성하여 병작제(竝作制, 지주, 소작인 간 소출의 반반씩 나눔), 이앙법(移秧法) 비료법(肥料法)을 도입하여 농업생산량을 확대하였고, 대구대학, 청구대학을 설립한 이후 영남대학교로 통폐합 창설하여 오늘에 이르고 있습니다.

저희 후손들은 선조 님들이 남기신 훌륭한 가르침과 뜻을 받들기 위해 더욱 성찰하며 옷깃을 여밀 뿐입니다.

〈2021. 9. 20.〉

산山과 인생人生

산행은 우리네 인생과 같다.

서양에서는 산행을 도전과 정복의 개념으로 보지만 동양에서는 구도와 수양의 개념으로 본다.

산은 정상을 밟는 것도 중요하지만, 산이 거기에 있기 때문에 간다고 한다.

산을 오를 때는 힘들고 내려갈 때는 더 어렵다. 자기 몫의 산행은 스스로 감당해야 하고 그 누구도 대신해 줄 수가 없다.

오르막 내리막 산을 타면서 언제나 조고각하(照顧脚下: 발밑을 잘 살피고), 인지이도자 인지이기(因地而倒者 因地而起: 땅에서 넘어진 자 그 땅을 짚고 일어서야 한다)라는 계고(戒告)를 잊지 말고 자신의 몸무게를 옮겨야 한다.

하산할 때는 무거운 배낭을 비우고 "올라갈 때 못 본 그 꽃

을 내려갈 때 보네"라는 시구를 생각하며 여유를 찾는 것이
좋다.

인생에의 역정(歷程)도 마찬가지다.

일본 전국시대의 막부(幕府) 도쿠가와 이에야스(德川家康)는
'인생은 무거운 짐을 지고 가는 먼 길과 같다. 절대 서두르지
마라'라는 금언을 남겼다.

이 말은 인생도 산행과 같이 오를 때에는 호시우보(虎視牛步:
범의 눈을 뜨고 뚜벅뚜벅 걸어가는 소걸음)처럼 꾸준히 발을 내딛
고, 정상에 올라서도 주역(周易) 64괘(卦) 중 건(乾)괘에 나오는
항룡유회(亢龍有悔: 높이 올라간 용(龍)이 내려갈 길밖에 없음을 알고
후회한다)라는 교훈처럼 비록 뜻을 이뤘다 하더라도 늘 겸손을
잃지 않고 변화에 순응하며 성찰하고 족(足)함을 아는 지혜가
필요하다는 뜻이다.

인생이나 산행은 멀고도 힘든 길이다.
산에도 길은 있으나 왕도(王道)는 없다.
때로는 휴식과 여유를 즐기면서 길을 모르면
물어서 가고, 길이 안 보이면 큰길로 가고.
길은 만든 사람이 가는 길로 따라가면 된다.

〈2021. 10. 25.〉

파이팅! 우크라이나!

우크라이나 국민을 응원합니다.
젊고 용감한 대통령 젤렌스키, 아름다운 영부인의
장한 모습에 큰 박수 보냅니다.

동병상련(同病相憐)
한국민은 우크라이나 국민의
아픈 피침(被侵)의 역사를 이해합니다.

비록 국토가 침탈되고
내 국민 가족이 뿔뿔이 흩어져도
인내와 용기를 잃지 않는다면 승리는 당신들 것입니다.

단결된 자유 민주주의가

피폐한 공산사회를 물리치게 되면

침략자 푸틴, 폭군 시(習)황제, 독재자 김정은도

이 세상에서 사라지기 마련입니다.

조금만 더 참고 견디세요.

그러면 "나는 죽음을 겁낼 권리가 없다"는 젤렌스키

당신에게 "찰리 채플린이 윈스턴 처칠이 됐다"는

희소식의 월계관이 그대를 표창할 것입니다.

〈 2022. 3. 6. 〉

물 폭탄 그 후

내 고향 그리운 포항(浦項) 땅에
태풍 '힌남노'가 물 폭탄을 때렸다.
동해안 해변 도시 오천(烏川)읍이
온통 물난리가 난 것이다.

냉천에 파도치는 세찬 빗물
지하 주차장에 떠도는 부유물들
무적 해병이 몰고 나온 장갑차
자원봉사자들의 뜨거운 손길 등……

이들의 헌신적인 노력에도 불구하고
7분의 귀한 목숨을 잃었다.

추석을 앞두고 한숨만 쉴
고향 사람을 생각하면 마음이 아프다.

아무리 높은 바람 거센 물결일지라도
바닷가 사람들의 억센 기개를 되찾아
예전의 모습 그대로 돌아갔으면 싶다.
할퀴고 간 상처의 치유는 빠를수록 좋기 때문에…….

遠水不救近火　　원수불구근화

遠親不如近隣　　원친불여근린

먼 곳에 있는 물로는 가까운 불을 끄지 못하고
멀리 있는 친척은 가까운 이웃보다 못하네.

〈 2022. 9. 8. 〉

빈객賓客

하이얀

엷은 면사포를 걸친 매미(蟬) 한 마리

우리집 창(窓)가에 살포시 내려앉는다.

맴맴맴⋯⋯

새벽이슬만 먹고 살아

지조 있는 선비로 일컫는 여름 한 철의 빈객.

웅장한 그 울음소리는 온 동네에 메아리쳐

근성(勤誠)을 일깨운다.

한선(寒蟬)이란

제 기능을 다하지 못하는 울지 않는 매미를 말한다.

이 사회의 부정과 비리를 제때 고발치 못하고
이 눈치 저 눈치 살피는 꿀 먹은 언론계 지식층을
비꼬는 민중(民衆)의 소리다.

침묵하는 언론은
이 사회의 목탁(木鐸)도 아니요
방관하는 지식인은
더 이상 소인묵객(騷人墨客)이 아니다.

서글픈 당신들은 울지 않는 매미처럼
반지성(反知性) 무지성(無知性)을 대표하는
한낱 식충 인간(食蟲人間)일 뿐이다.

발운무이 견청천(潑雲霧而 見靑天)
구름안개 걷히면 언제 푸른 하늘 보이려나…….
제발, 자유·민주 되찾고 하루빨리 국민이 참 주인 된
그날이 오기를 기대한다.

〈 2022. 8. 22. 〉

하심下心의 시간

천고마비의 오후 한때, 선정릉(宣靖陵)을 찾았다.
도심 속 울창한 숲과 적막으로 가득 찬 선정릉.

그곳에는 한때의 영화도 아랑곳없이
왕조의 후예가 무심한 세월 속에 묻혀 있다.

인무백세인 왕작천년계(人無百歲人 枉作千年計)
백 년 사는 사람 없는 데도 부질없이 천 년 계획을 세운다.

하심의 시간이 필요하다.
봄꽃보다 가을 단풍이 곱고 꽃을 버려야 열매를 맺는다.

늙음의 미학(美學)은 비움이요.

비워야 채울 수 있지 않는가?

비우자. 그리고 서슴없이 내려놓자.

〈 2022. 10. 13. 〉

신 군자 3훈 新君子三訓

옛 성현(聖賢)의 가르침은 참으로 지혜롭다.
거의가 옳은 말씀이지만,
더러는 언행일치(言行一致)가 어렵다.

예컨대 계노언(戒老言)이 그렇다.
노인도 사람인데 거기에는 미주알고주알 족쇄를 채워
노인 되기 참 쉽지 않게 했다.

일례로 맹자(孟子)는 우리네 인성(人性)을 사단(四端)으로 나눠,
측은지심(惻隱之心·仁), 수오지심(羞惡之心·義)
사양지심(辭讓之心·禮), 시비지심(是非之心·智)으로 밝혀

이는 이(理)에서 발현되고, 중용(中庸)에서는 칠정(七情: 희喜, 노怒, 애哀, 구懼, 애愛, 오惡, 욕慾)으로 나눠, 기(氣)에서 발현된다고 했다.

이 모두가 요즘 사람들 마음씨처럼 참 복잡하고 애매모호하다.

아무리 현대를 살아가더라도 인간은 미완(未完)의 존재로서 시의에 맞는 간결하고 반듯한 가르침이 필요하다.

그것이 신 군자 삼훈(新君子三訓)이다.

視而不見　시이불견
聽而不聞　청이불문
知而不息　지이불식
보고도 안 본 척
듣고도 못 들은 척
알아도 모르는 척

이 3가지만 갖춰져 있으면 비록 노인의 길을 가더라도 괜찮은 노옹(老翁)이 되지 않을까?

不出戶知天下　불출호지천하

不窺牖見天道　불규유견천도

문 밖을 나가지 않아도 천하를 알고

창문을 엿보지 않아도 천도를 안다 하거늘

노달인(老達人)들에게 이 밖에 또 무슨 잔소리가 필요하단
말인가?

〈2022. 12. 11.〉

손자孫子에게 주는 글

대추 한 알

저게 저렇게 붉어질 리는 없다.

저 안에 태풍 몇 개

저 안에 천둥 몇 개

저 안에 벼락 몇 개

저게 저절로 둥글어질 리는 없다.

– 장석주 시(詩)

내 손자가 올해 대학 진학 시험에서 트리플 크라운(Triple Crown: 서울대학교 전기정보공학부, 고려대학교 의예과, 카이스트 합격)을 달성했다.

참으로 장(壯)하고 자랑스럽다.

일찍이 제 가족을 따라 중국 베이징에서 6년여간 세계의 아이들과 자웅(雌雄)을 겨루다 귀국하여, 서울 소재 한성과학고등학교에 진학, 고교과정 3년 중 2년 만에 조기 졸업을 하고, 이번에 제가 바라던 대학교에 당당히 진학하는 영예를 안았다.

한때 전공 선택을 두고 어린 마음에 고민도 많았으리라 본다. 어릴 적부터 꾸었던 '로봇 공학도'의 꿈을 접고, 시대의 흐름에 귀 기울여 의학계로 대 전환하는 결단을 보고, 이 할아버지는 손자의 진정한 용기와 과단성에 큰 박수를 보냈다. 왜냐하면 내 손자는 이미 면학도(勉學徒)의 품성과 승부 근성(勝負根性)마저 갖추고 있어 비록 새로운 학문의 영역일지라도 충분히 이를 감당할 자질과 능력이 있음을 믿고 있었기 때문이다.

지금부터 시작이 중요하다.

한 사람의 훌륭한 의술인(醫術人)이 되기 위해서는 예과 2년, 본과 4년, 의사 국가 고시, 인턴 1~2년, 레지던트 3~4년, 전문의 자격시험, 펠로우십(선택사항 추가전공의 수련) 등을 마칠 때까지는 최소한 10년의 형설지공(螢雪之功)이 필요하다. 아무리 손자가 가야 할 길이 멀고 힘들다 하더라도 이를 미리 두려워할 필요는 없다. 왜냐하면 '하면 된다'는 감투정신(敢鬪精神)과 임전무퇴(臨戰無退)의 의지가 있다면, 이미 시작은 절반의 성공을 거둔 셈이다.

이에 이 할아버지는 노파심(老婆心)으로 몇 가지 당부를 하고자 한다.

첫째, 盛年不重來 歲月不待人(성년부중래 세월부대인), 당(唐)나라 시인 도연명(陶淵明)의 시구를 한 번 더 새겨 읽었으면 좋겠다.

"청춘은 두 번 다시 오지 않고 세월은 사람을 기다리지 않는다."

이는 때가 될 때 '세월을 헛되이 보내지 말고 마음껏 공부하고 청운(靑雲)의 꿈을 펼치라'는 뜻이다. 결코 대학 생활이 자유와 낭만을 즐기는 시절이 아님을 각성했으면 좋겠다는 말이다.

둘째, 小医治病 中医治人 大医治国(소의치병 중의치인 대의치국), 중화민국 쑨원(孫文) 선생의 말씀이다. 작은 의사는 사람의 병을 고치고 중간쯤 의사는 사람을 다스리며 큰 의사는 나라를 다스린다는 뜻이다.

그리고 대한민국 건국의 아버지 우남 이승만(李承晩) 대통령께서도 의치병세(醫治病世: 훌륭한 의사는 병든 세상을 치유한다)라는 말씀을 남기셨다. 의술(醫術)은 곧 인술(仁術)이다. 내 손자는 장차 인술을 바탕으로 병(病)은 물론, 사람도 고치며, 나라를 다스리는 훌륭하고 큰 의인(醫人)이 되어 주기를 바란다.

셋째, 스스로 부단한 자아연마(自我硏磨)를 통해 똑똑한 사람보다 훌륭한 인격자(人格者)가 되거라. 이를 위해 의학의 학문적 탐구는 물론, 사(私)보다는 공(公), 부자(富者)보다는 가난한(貧者) 사람, 자신보다는 이 사회와 국가를 먼저 생각하고 인성(人性)과 덕성(德性), 사회성(社會性)을 고루 갖추는 훌륭한 인격자가 되어 주기를 간절히 바란다.

끝으로 미국 Havard 대학교 도서관에 게시된 금언(金言) 가운데 3가지만 옮겨 본다.

❖ Sleep now, you will be dreaming.
　Study now. You will be achieving your dream.

❖ Happiness is not proportional to the academic achievement. But Success is.

❖ Pursue the Top. The maximum endeavor and to the beginning for the effort of the maximum for a top intend.

〈 2022. 12. 〉

토우土友 50년 회상

1972년 3월 28일

첫 입사한 그날이 오늘이던가?

원당(元堂)골에서 처음 만나 꽃을 피운

토우(土友) 우정 반백 년(半百年)

어언 검은 머리가 망팔(望八)을 향해

반백독(半白禿)이 다 되었네.

청운의 꿈을 펼치듯

3農(농업, 농촌, 농협)의 실사구시(實事求是) 현장을 찾아

전국 농촌 구석구석 구슬땀 흘리던 우리들.

진정 수어지교(水魚之交)를 닮은

흙의 친구가 아니던가?

당신을 만나 한솥밥을 먹고
얼굴을 맞대며 정(情)든 일터에서
춘풍추우(春風秋雨) 한세상 멋지게 잘 보냈으니
이 또한 고맙고 정겨운 일 일세.

인생은 소확행(小確幸)으로 아름답다고 하네.
백세시대를 살면서 목월망지(目月妄指) 우(愚) 범하지 말고
이 기막힌 인연만 생각하여
오늘 우리 이날을 자축하는 축배를 들지 않겠나?
토우(土友)들아!

人生在世	인생재세
只求心安理得	지구심안리득
就好了	취호료

사람이 사노라면
순리대로 따르는 것
그게 좋은 거야.

〈2022. 3. 28.〉

❖ 입사 동기 토우회土友會 결성

토우(土友)는 '흙'으로 맺어진 친구이다. 그 친구는 신토불이(身土不二: 내 몸과 흙이 둘이 아닌 하나)요, 수어지교(水魚之交: 물과 고기의 어울림)의 관계다.
사진은 1992. 3. 28 토우회 20주년 정기총회에 참석한 회원들

토우 전상서 土友前上書

입춘대길 건양다경 (立春大吉 建陽多慶)

어느덧 춘삼월(春三月)이 다가옵니다.

불청객(不請客) 코로나도 가고

꽃피고 새잎 나는 봄날도 얼마 남지 않았네요.

기왕 오는 봄이라면

춘래불사춘(春來不似春)⁹·소군원(昭君怨)보다

---

9   전한 시대 왕소군(王昭君)을 두고 시인 동방규가 소군원(昭君怨)에서 읊은 시구. 절
     세미인 왕소군은 원제(元帝)의 궁녀로 화친(和親) 정책 일환으로 흉노왕에게 시집가
     서 비운의 삶을 살았다. 자신의 처지를 胡地不花草, 春來不似春(호지불화초, 춘래불
     사춘: 오랑캐 땅에 화초가 자라지 않으니, 봄이 와도 봄 같지 아니하다)라고 불운한
     자신을 탄(嘆)했다.

춘수만사택(春水滿四澤)[10] · 사시(四時)면
더욱 좋겠습니다.

유수불복회(流水不復回)   흐르는 물은 되돌아오지 않고
노래무거시(老來無去時)   늙음은 한번 오면 갈 줄 모르네.

고목봉춘(枯木逢春) 우리들
화양연화(花樣年華)[11] 호시절(好時節)
언제 또 올는지요

그저 마음 푹 내려놓고
상선약수(上善若水) 지족상락(知足常樂)
그렇게 삽시다.

---

10 자연시인 도연명(陶淵明)의 사시(四時)에 나오는 구절. 도연명{연명(淵明)은 호(號),
본명은 도잠(陶潛)}은 봄의 물, 여름철 구름, 가을밤 달, 겨울의 소나무를 이 시(詩)에
서 4계(四季)의 특징으로 읊었는데 전문(全文)은 다음과 같다.
春水滿四澤 (춘수만사택: 봄의 물은 곳곳에 가득 차 넘치고)
夏雲多奇峰 (하운다기봉: 여름철 구름은 기이한 봉우리)
秋月揚明輝 (추월양명휘: 가을밤 달은 휘영청 빛나고)
冬嶺秀孤松 (동령수고송: 겨울 산마루에 외로운 소나무가 빼어나네)
11 직역하면 꽃 같은 좋은 시절. 즉, 인생에서 가장 아름답고 잘나가던 시절을 말함. 이
제목으로 중국의 영화, 한국의 감성적 멜로물(物)이 많이 쏟아져 나왔다.

교정노경친(交情老更親)[12]　　우정은 오래 나눌수록 더 정겨운데

춘풍지부지(春風知不知)　　봄바람은 이 마음 알는지 몰라.

부디

건건강강(健健康康)

대복대귀(大福大貴) 하소서.

〈 2023. 2. 18. 〉

12　시성(詩聖) 두보(杜甫)가 자연과 민중의 삶을 노래하면서 인간관계의 중요성을 이 시
　　구에 담았다. 그는 시선(詩仙) 이백(李白)과 더불어 술을 좋아하고 우정을 함께 나누
　　다 결국은 동정호(洞庭湖)에서 58세를 일기로 생을 마감했다.

축 토우산수연祝 土友傘壽宴

好光陰送今日時　　호광음송금일시

才勝厚德松山兄　　재승후덕송산형

孝子賢孫與德婦　　효자현손여덕부

如山如水期頤壽[13]　여산여수기이수

좋은 세월 흘러 오늘을 맞았네

재주 많고 후덕한 송산이시여

효자 아들 현명한 손녀 덕 있는 부인 두셨네

바라노니 산처럼 물처럼 100세 장수 하소서

13　인생 100세를 1기(期)로 볼 때 100세 이상의 나이를 말함

춘화유감 春化有感

춘화현상(vernalization)이란 3동(冬)의 삭풍(朔風)을 거쳐 새봄을 맞아 씨앗들이 꽃을 피우거나 싹을 틔우는 것을 말한다. 흔히 우리들이 말하는 고진감래(苦盡甘來)의 말뜻과 같다.

겨우내 세찬 추위를 이겨내지 못한 진달래·개나리가 봄꽃을 피울 수 없듯, 인생의 혹한기를 견뎌내지 못한 사람은 아름다운 열매를 맺지 못한다.

春盡有歸日(춘진유귀일) 봄은 오고 가곤 하건만
春化現象(춘화현상)은 늘 그렇게 우리들 곁에 있다.

이를 선현(先賢)들이 노래한 한시(漢詩)에서 풀이해 보자.

❖ 歲寒然後 知松柏之後 凋也　세한연후 지송백지후 조야
　강한 추위 뒤에야 소나무 측백나무가 늦게 시듦을 안다.

추사(秋史) 김정희(金正喜)가 세한도(歲寒圖)에서 논어(論語)의
글을 읊었다.

❖ 桐千年老恒藏曲 梅一生寒不賣香
　동천년노항장곡 매일생한불매향
　오동나무는 천년의 세월을 늙어가도 거문고 소리를
　간직하고, 매화는 한평생 춥게 살아도 그 향기를 팔지
　않는다.

❖ 一花独放不是春 百花齐放春滿園
　일화독방불시춘 백화제방춘만원
　꽃 한 송이 피었다 해서 봄이 온 게 아니다.
　온갖 꽃이 뜰에 다 피어야 비로소 봄이 온 거다.

우리네 인생도 이와 다를 바 없다.

❖ 畵虎畵皮 難畵骨 知人知而 下知心
　화호화피 난화골 지인지이 하지심
　호랑이를 그리면서 그 가죽은 그릴 수 있어도
　뼈는 그리기가 어렵고,
　사람을 아는 데는 그 얼굴은 알 수 있어도
　그 마음은 알 수가 없다.

❖ 花笑聲未聽 鳥啼淚難看　화소성미청 조제루난간
　꽃은 웃어도 웃는 소리 들리지 않고
　새는 울어도 눈물을 볼 수 없다.

❖ 非淡泊無以明志 非寧靜無以致遠 〈諸葛亮〉
　비담박무이명지 비영정무이치원　〈제갈량〉
　담박하지 않으면 뜻을 밝힐 수 없고,
　고요하지 않으면 먼 곳에 이를 수 없다.

❖ 物順来而勿拒 物旣去而勿追
　물순래이물거 물기거이물추
　순리대로 오는 것 거절 말고
　순리대로 가는 것 붙잡지 마라.

그러면 어떻게 살 것인가?

❖ 打鐵還而 自身硬〈中國俗談〉

　타철환이 자신경〈중국속담〉

　철을 두드리려면 자신부터 먼저 단련하라.

❖ 玉不琢不成器 人不學不知道〈禮記〉

　옥불탁불성기 인불학부지도〈예기〉

　옥을 다듬지 못하면 그릇을 만들지 못하고,

　사람이 배우지 않으면 도를 알지 못한다.

❖ 作天的太陽晒 不干今天的衣裳

　照不亮 昨晚的身影

　작천적태양쇄 불간금천적의상

　조불량 작만적신영

　어제의 태양으로 오늘의 옷 말릴 수 없고

　오늘밤 달빛으로 어젯밤 그림자 비출 수 없다.

❖ 生前富貴 草頭露 身後風流 陌上花

　생전부귀 초두로 신후풍류 맥상화

　살아 있을 때 부귀는 풀잎의 이슬이요

　죽은 뒤 풍류는 밭두렁의 꽃과 같다.

❖ 足足長鳴鳴 如何長足足　족족장명명 여하장족족

　世人不知足 足以長不足　세인부지족 족이장부족

　송익필(宋翼弼)의 조명유감(鳥鳴有感: 새 우는 소리)

　언제나 짹짹짹 우는 새 어이해 언제나 족할까?

　사람들 족함을 모르니 그래서 언제나 부족한가?

❖ 不恨自家 汲繩短 只恨他家 若井深

　불한자가 급승단 지한타가 약정심

　자기 집 두레박줄 짧은 것 탓하지 않고,

　남의 집 우물 깊은 것만 탓한다.

〈2023. 3. 20.〉

탐석인探石人의 분신分身

일기일회(一期一會, いちこ いちえ)
일생에 단 한 번 만남의 기회에 정성을 다해라.
일본 전국시대의 다조(茶祖), 센노리큐(千利休)가
다도(茶道)를 정립하면서 한 말입니다.

수석(壽石)도 마찬가지입니다.
일생일석(一生一石), 춘풍추우(春風秋雨), 세월탐석(歲月探石)
山河를 헤매다 목숨 같은 돌 하나 갈고 닦아
자연을 집안으로 끌어들인 탐석인의 분신입니다.

사람들은 흔히 말합니다.
밤하늘 나뭇가지 사이로 보이는 달(月)

개울가를 스치고 불어오는 바람(風)이라면
돌(石)은 작지만, 不變(불변) 不動(부동)의 큰 스승입니다.

천년의 세월이 흘러도 돌은 그 모습 그대로
외로움 홀로 견뎌내는 충절(忠節)의 사표(師表)입니다.
바라건대 초로(草露) 같은 우리네 인생사(人生事)도
이처럼 돌의 미학(美學)을 닮았으면 좋겠습니다.

수석장강(壽石長剛)
아! 곧고 늠름한 그 웅자(雄姿)여…….

〈 2023. 5. 31. 〉

팔정중도 八正中道

부처님께서 이르시기를 삶은 고통(苦)이나 집착 때문에 생기며 이 집착을 멸(滅)하기 위해 팔정중도(八正中道)를 닦으면 도(道)의 경지에 이른다고 하셨다.

팔정중도(八正中道)란 무엇인가?

그것은 세상을 보는 정견(正見: 바른 견해), 정사유(正思惟: 바른 관찰력), 정어(正語: 바른 말), 정업(正業: 바른 행동), 정명(正命: 바른 생활), 정정진(正精進: 바른 노력), 정념(正念: 바른 집중), 정정(正定: 바른 안정)이라 말한다.

사람이 사람답게 살기 위해서는 밥만 먹고 살 수 없으니 촉식(觸食: 눈, 귀, 피부 등 5감(感)으로 먹는 식사), 식식(識食: 지식, 기술, 학문 등 배움의 식사), 사식(思食: 미래, 창조, 종교 등 생각하는 식사) 이 3가지를 더 해야 한다고 하셨다.

또한 중생들은 신업(身業)이 지중하나 몸뚱아리를 조심하고 구업(口業)이 지중하나 입조심하고 의업(意業)이 지중하나 생각을 조심하라고 했다.

인생에의 고해(苦海)가 어디 이뿐인가?

무릇 사람이 살다 보면 생로병사의 인과(因果)가 있고 희로애락의 과정(過程)은 또 어쩌란 말인가?

그중 사람답게 살고(Well Aging) 죽는 것(Well Dying)이 가장 큰 일이다.

예로부터 남자는 마음으로 늙고 여자는 얼굴로 늙는다고 했다. 그러고 보니 죽음을 향해 가는 길이 늙음의 내리막길이다. 이 내리막길에서 늙음의 미학(美學)은 채우는 것보다 비우는 것이고 일념통천(一念通天)의 지혜가 바로 그 열쇠다.

죽음은 버림의 끝이다.

죽는 날까지 늙은 티 내지 말고 젊음의 기상으로 살자.

아무리 세상이 염량세태(炎凉世態)14, 인주차량(人走茶凉)15 같아도, 내 남은 인생에의 가장 젊은 날이 오늘인 것을 잊지 말자.

14　세력 있을 때는 쫓고 권세가 없어지면 푸대접하는 세속의 모습
15　차(茶) 한 잔 식기도 전에 쉽게 달라지는 세상인심을 비유

우리 주변에는 늙어도 '청년처럼 사는 어르신'이 많다.

긍정적인 열정, 미래에 대한 호기심, 공익적 이타심(利他心)을 앞세워 살다가 어느 날 잘 익은 단풍잎 하나 느닷없이 바람에 휩쓸려 떨어지듯 고종명(考終命)의 삶을 마무리하는 것도 큰 복(福)이 아니던가?

좌고우면(左顧右眄)16, 노심초사(勞心焦思)하지 말고,

'방콕' 하는 노인보다 생동하는 '청어'가 되자.

매듭 말(結語)로 당(唐) 시인 도연명(陶淵明)의 시(詩) 한 구(句)를 옮긴다.

得歡當作樂 斗酒聚比隣　득환당작락 두주취비린
盛年不重來 一日難再晨　성년부중래 일일난재신
及時當勉勵 歲月不待人　급시당면려 세월부대인

즐거울 때 한껏 즐기고, 한 말 술로 이웃과 어울리자.
젊은 날 두 번 오지 않고, 하루에 새벽 다시 오지 않는다.
때를 만나면 마땅히 힘써 일해라,
세월은 사람을 기다리지 않는다.

〈2023. 9. 10.〉

---

16 어떤 생각을 이리저리 궁리만 하고 결정 못 하는 상태

송죽松竹의 결개潔介

비가 온다.

먹구름 드리운 소나기가 쏟아붓는다.

한나절 무료함 달래려

술 한 병 놓고 창밖을 내다보며

고즈넉이 혼술을 즐겨본다.

渴時一滴如甘露 醉後添盃不如無

갈시일적여감로 취후첨배불여무

목마를 때 마시는 한 방울은 다디단 이슬 같고,

취한 후 첨잔은 안 마시는 것보다 못하네.

酒不醉人人自醉 色不迷人人自迷

주불취인인자취 색불미인인자미

술이 사람을 취하는 게 아니라 사람이 스스로 취하고,

여색이 사람을 미혹하는 게 아니라 사람이 스스로 미혹

되는 것이다.

어차피 취할 만큼 술도 없고

매혹될 만한 여색(女色)마저 없으니

세상사(世上事) 난망주(難忘酒) 한잔에

내 마음 한가롭다.

바라건대 내면(內面)에 꼿꼿한 대나무(竹)

눈서리에도 늘 푸른 소나무(松) 한 그루 심어

흔들리지 않는 그 결개(潔介)를 가슴에 담고 싶다.

〈 2023. 10. 20. 〉

제 5장

출강出講 노트

필자는 농협을 평생의 직장으로 살았다.

현역 때는 30여 년간 농정 활동, 은행 업무,

신문 편집, 농협 CI, 고객 만족(C/S), 비서역 등

실로 다양한 업무에 종사했다. 이때 몇 가지

그 열정의 순간들을 회고해 본다.

농업 환경과 농협의 역할

1. 농업 문제에 대한 재인식

❖ 농업의 중요성
- 논어 안연편(論語 顏淵篇): 공자(孔子) → 자공(子貢, 제자)
- 국정의 요체는 '병(兵) < 식(食) < 신(信)'으로 농업의 중요성 강조

❖ 우리나라 농업의 문제점
- 우리나라는 세계 역사상 가장 빠른 속도로 산업화 과정을 거침에 따라 농업의 가치와 비전을 정립할 시간적, 정신적 여유를 갖지 못함
- 지난 30여 년간 도시 중심, 공업 중심의 고도성장 과정

에서 농업, 농촌은 상대적으로 소외 현상을 겪음
- 제3공화국: 배고픔으로부터 탈출(증산 유도 및 쌀값 안정)
- 제5·6공화국: 물가 상승 우려 쌀값 동결. 농가 부채 경감 등 비생산적 분야 중점 추진
- 1992년 문민정부: 42조(兆) 원 규모 농어촌 구조개선 사업착수(농어촌특별세 신설, 사업대상자 부적격자 선정, 자금의 효율성 문제 대두)

❖ 농산물시장 개방
- 쇠고기: 2001년 개방, 쌀은 2004년 재협상
- 2000년 농산물 협상(Millenium Round) 개시

❖ IMF 충격
- 환율 급등으로 시설 원예, 축산 농가의 폐농
- 각종 영농 자잿값 급등으로 농가 교역 조건 악화

❖ 농업을 지켜야 하는 이유
- 농업은 포기할 수 없는 생명산업임
  - 일본(阪神) 대지진 때 주먹밥(おにぎり) 회상
- 식량 안보는 국가 주권 차원의 문제(나라 지키기 위한 국방비와 같음)
- 국민 식량의 안정적 공급 및 확보는 선진국 진입의 필수조건

- 농업은 다양한 공익적 기능(홍수 조절, 수자원 보존, 토양 보전, 청정화 기능) 수행
- 경제적 가치는 연간 환산하여 7조 8천억 원에 달함
  - 쌀 농업 GDP의 98%, 농촌경제연구원 발표

❖ 농업에 대한 재인식
- 농업인의 자세 전환 및 새 농업관 재정립 필요
  - 농업은 쇠퇴 산업이라는 패배주의와 피해의식 탈피
  - 투자에 따른 성장산업, 선진국형 기술집약적 성장산업 재인식
  - 경영주로서 주인의식 재무장(공산품같이 창의와 연구) 필요
- 정부의 확고한 육성 의지, 기업 단체 도시민 등 국민의 절대적 성원 절실
  - 농업투자 효과는 장기간 소요되나 수익은 전 국민에게 파급- '국민을 움직여야 농업(촌)이 산다'라는 국가정책의 불가역적 전제 필요

2. 농업·농촌의 환경 변화

❖ 농업 농촌의 기능
- 주곡의 안정적 공급 → 식량 공급과 환경보존 등 농업의 공익적 기능
- 노동력 공급, 공산품 소비시장 → 실업 흡수, 경기 완충 등 경제적 사회적 안전망 구축 기능

❖ 농업의 생산
- 생산자(공급자) 중심 → 소비자 중심
- 양(量) 중심(식량의 절대량 공급) → 질(質) 중심(친환경 농업, 안전 농산물) 중심 전환

❖ 농촌 정보화 시대의 도래
- 빌 게이츠
  - "다가올 10년 동안은 지난 50년보다 훨씬 더 큰 변화를 겪게 될 것이다."
- 농촌 정보화 현황
  - 농가 PC 보급률: 21.2%(1998년 말 기준, 이 중 70%는 자녀 교육용)
  - PC 통신과 인터넷 이용률: 5~6%(이중 농업인은 0.6%)
- PC 및 인터넷의 농업 부문 활용

- 영농 기술, 시장동향, 재배관리, 수확 판매, 전자 상거래 등
- PC 및 인터넷의 생활화
- 생활정보, 생필품 구매, 통신 교육, 민원 처리 등
- "컴맹(Com 盲)은 되어도 넷맹(Net 盲)은 되지 말자."
- "산업화, 공업화는 늦어도 정보화(情報化)는 늦지 말자."
- PC 저가 보급 등 정부 정책적 지원 및 새 농협 신규사업 추가 등으로 농업(촌) 정보화 추진 가속화 전망

❖ 유전자(DNA) 조작 등 첨단기술 농업
- 유전자 변형 농산물(GMO: Genetically Modified organism)
- 유전자를 인위적으로 조작, 저장성이 좋거나 제초제 및 병충해 강한 특성을 갖도록 개조한 농산물
- 1994년 미국에서 콩을 포함한 40여 종 농산물 상품화, 최근 美·日·中 등에서 유전자 변형 쌀 개발 중, 우리나라는 벼, 감자, 토마토 등 3개 품목 개발 중
- 제2 녹색 혁명, 생태파괴 등 안전성 논란이 있으나 식량 부족 해결책으로 각광

❖ WTO 농업협상
- WTO 농업협상
- GATT(1948~1994) - UR 협상(1986~1993) - WTO(1995~)
- 2000년 1월 New Round 주요 과제: 농산물, 서비스 개

방, 공산품 관세 자유화, 반덤핑 규제 완화(농업 부문 우려, 공업 부문 기대)
- WTO 협상이 우리 농업에 미치는 영향

〈농협과 고려大 자원연구소 공동연구 결과〉
- 개발도상국 지원 못 받을 시: 2010년까지 농업생산액 6조 원 감소, 쇠고기 자급률 1998년(79%) ⟹ 2010년(23%)
- 쌀 관세화 예외 조치 못 받을 시: 쌀 생산액 51.8%로 감소 예상, 쌀 자급률 1998년(105%) ⟹ 2010년(76%)으로 하락
- 농협의 대응
- 농협은 생산자 단체이자 비정부기구(NGO)로서 차기 협상에 대응하여 쌀 수입 자유화 반대, 개도국 지위 유지, 직접지불제 확대 등 농협의 주장을 채택하고 정부와 국회, 국제기구(ICA, IFAP, ICAO, EAOC) 등에 농민 입장 발표
- 10월 26일 서울에서 『세계 식량 수입국 NGO 포럼』을 개최 차기 협상에 대한 NGO 차원의 국제적인 공조 체제 강화 추진

3. 농·축·인삼 조합 통합추진

❖ 통합농협 추진의 필요성
- 농촌 인구 감소, 농업 관련 조직 증가 - 단일 협동체제 구축
- 협동조직 업종별 유사 중복 기능이 많아 비효율성 발생 및 경쟁력 취약
- 무한 경쟁 시대 살아남기 위한 자구책 일환

❖ 통합의 효과
- 농·축협의 유통시설(1998년 말 현재: 3,070개소)을 동시에 이용함으로써 농축산물 판로확대, 농가소득 증대, 회원조합 판매사업 확대 가능
- 농축협의 사료 사업 통합을 통해 구매력 증가 및 생산비 절감
- 농가의 사료 구매 가격 인하 가능
  - 1998년 말 시장점유 비율: 농협 17%, 축협 29%
- 농·축협의 생활물자사업(연간 2조 원) 공제사업 및 상호금융 통폐합을 통한 경쟁력 제고 및 시장 교섭력 강화
- 농·축협 중앙회 통합 시 고정 투자 감축에 따른 자금 운용 수익증대 및 건물 유지비 등 관리 비용 절감(연간 700억) 가능

❖ 회원농협 합병

- 1997년 1월~1999년 9월까지 전국에 있는 222개 조합이 참여하여 152개 조합이 소멸하고 경북지역은 25개 조합이 소멸하였음

구분	1997년 말 회원 수	1999년 말 회원 수	감소
전국	1,286개소	1,134개소	△ 152개소
대구, 경북	222개소	197개소	△ 25개소

- 조직 운영: 이사, 대의원 정수 확대 검토(피합병 지역의 소외감. 상실감 회복) 및, 피합병 지역의 임원·내부조직장 확대운영 등으로 조합원 밀착화 촉진
- 합병 후 광역화, 대형화 농협의 발전모델 설정, 광역 농협에 대한 경영 컨설팅과 자체 감사
- 경영분석 지원을 강화하고 농업인 실익사업 강화를 위한 중앙회 지원 지도 기능에 만전을 기하고자 함

❖ 향후 통합 작업 추진 일정

- 1999.3.8: 정부 협동조합 개혁 방안 발표
- 1999.8.14: 국회 본회의 통과
- 1999.9: 통합 농협법 공포 및 설립위원회 구성
- 2000.7.1: 통합 농협 중앙회 출범

❖ 통합 농협법의 주요 내용

- 중앙회
  - 명칭: 농업협동조합중앙회
  - 대의원 수(총 309인): 농협 239명, 축협 63명, 인삼 조합 7명
  - 이사회(총 31인): 회장 1인, 사업 전담 대표이사 3인, 외부 전문가 7인, 지역농협조합장 10인, 지역 축협 조합장 3인, 품목 조합장 7인(농업계 3인, 축산계 3인, 인삼계 1인)
  - 권한: 중앙회장(지도, 교육, 농정활동 전념), 사업 전담 대표이사(소관 업무 전담 처리 및 대표)
- 회원 조합
  - 조합의 종류: 지역농협, 지역축협, 품목별 업종별 조합 (품목 조합)
  - 조합장 선출: 조합원 직접 선출, 대의원 간접 선출, 이사회 호선 중 자율 선택
  - 상임 이사제 개선: 조합장 포함한 이사 중 2인 이내 상임을 두도록 함 (조합장이 비상임일 경우는 설치 의무화)
  - 상임 감사제: 감사 2인 중 1인은 상임으로 선임(임의 사항)
  - 조합 임원이 상임인 경우 고의 또는 중과실 외에 경과실 책임 부과
  - 조합원의 조합경영 참여(총회부의사항, 회계 장부, 서류열람

등) 기회 확대

❖ 농·축협 협력사업 추진
- 우수 축산물 판매, 우유 소비 촉진, 계란 소비 촉진 등 이벤트 행사

4. 농가 부채 경감 대책

❖ 추진 배경
- IMF 위기로 농가경제가 크게 악화, 농가의 경영 안정은 농협 및 국가 경제의 안정으로 귀결되는 상생 효과
- 농가 부채 대책은 이자 경감, 상환기일 연장 등의 조치로 농가의 부담을 완화해 주는 정책으로서 정부 차원에서 꾸준히 제기되어 1999년 12월 15일 당정협의회에서 농가 부채 대책을 발표한 것이 발단이 됨

❖ 농가 부채 대책의 주요 내용
- 농업인 연대 보증 부담 경감 대책
  - 지원 규모: 전국 4조 8,400억 원(경북 8,080억 원)
  - 지원 내용: 농업인의 연대 보증 대출을 농림수산업자 신용보증기금의 보증부대출로 대체함으로써 연대보증으

로 인한 농업인 피해 방지

　- 대상 대출금: 〈중앙회〉 정책대출금, 일반대출금, 공제

　　대출금, 신탁대출금 〈회원조합〉 정책대출금, 상호금융

　　대출금, 공제대출금 등

- 농업 경영 개선 자금 지원

　- 지원 대상: 전업농 이상의 경영규모 또는 농업용 부채가

　　5천만 원 이상인 농업경영체로서 일시적으로 경영상 어

　　려움을 겪고 있는 농업인 경영체

　- 지원 조건: 금리 6.5%, 기간 5년(2년 거치 3년 상환)

　- 지원 규모: 1조 5,000억 원

　- 이자 부담 경감예상액: 3,960억 원

- 정책자금 상환 연기

　- 지원 대상: 1998.10~1999.12 기간 중 상환 연기한 중장

　　기 정책 자금과 2000년도 중 도래하는 농업정책 자금의

　　할부 원리금을 1년간 신규대출로 지원

　- 지원 규모: 6,352억 원(경북 951억 원), 연 5% 금리

- 상호 금융 대체 지원

　- 추진 기간: 2000.1.21~5.31

　- 지원 내용: 농가가 사용하고 있는 상호금융대출금 중

　　(1,000만원까지 저리 자금으로 대체 지원)

　- 지원 규모: 6조 원(경북, 1조 409억 원)

　- 지원 조건: 1년 후 일시 상환 금리 6.5%

- 이자 부담 경감액: 1년 간 3,850억 원
- 부채 대책 추진 현황(경북)

〈2000.3.15 기준, 단위: 백만 원〉

사업별	지표	신청 현황		신청률	대출 지원
		건수	금액		
연대 보증 해소 대책	808,033	41,600	350,655	50.5%	15%
상호 금융 대체 자금	1,040,916	70,202	602,852	68%	31%
농업 경영 개선 자금	0	2,295	90,061		
정책 자금 대환 대출	95,170	22,485	74,844	79.5%	0.7%
합계	1,944,119	136,582	1,118,412	80%	20%

- 현재까지 추진 사항
- '부채 대책 종합 상황실' 설치 및 심사위원회 구성
- 23개 시군 지부, 177개 회원 조합 설치 및 구성 완료
- 개별농가 안내 및 종합 홍보 실시, 사무소별 자체교육 완료

- 농업 경영 종합자금 제도
- 농업경영체가 자율적인 사업계획에 의거 신청하면 금융 기관이 심사, 시설 및 운전자금을 지원하고 경영 컨설팅 등 사후관리를 통해 자금지원의 효율성을 극대화하는 선진농업 금융제도

- 연차별 도입 방안: 1999년 17개 시군 지부에 도입 후 2,000년 전 시군 지부 도입 추진
- 대출 분야: 원예 특작 및 축산 분야 1,940억 원, 금리(연 5%)

5. 농산물 유통 사업의 현주소

〈농산물 유통의 제 문제〉

❖ 농산물 유통의 특성과 현황
- 농산물은 구조적으로 유통비용이 과다하게 발생
  - 생산자로부터 소비자까지의 분산 과정이 길고 복잡
  - 부패 변질이 있고 부피가 크고 무거움
- 유통 마진은 공산품에 비해 높고 유통비용과 소매 단계 유통 마진이 주요인이 됨
  - 소비자 구입가: 생산자 비용(44%) + 유통비용(56%)
    (유통비용은 직접비 18%+간접비 및 이윤 38%)
  - 특히 유통 마진의 절반 이상이 소매 단계에서 발생
    (단계별 유통 마진: 출하 단계 14%, 도매 단계 14%, 소매 단계 28%)

❖ 유통 단계별 문제점

- 출하 단계
- 공동출하 부진으로 규모화를 통한 교섭력이 떨어지고 규격화 미흡으로 신용거래에는 한계가 있음
- 도매 단계
- 채소의 경우 선별 수준이 낮고 소량 출하로 경매 지연 및 효율성이 저해

〈농산물 유통 사업의 현주소〉

❖「농산물 유통개혁 80개(단기 30, 장기 50) 과제」선정추진

- 농산물 판매: 1조 5천억 원(181개 농협 평균 77억 원)
- 유별 출하: 과류(34%), 채소류(30%), 곡물(23%), 기타
- 판매선 별: 자체 판매망(32%), 도매시장(18%), 물류센터(25%), 기타.
- 수출 목표: 22백만 불(59개 농협, 30개 품목)
- 주요 품목: 돈육(78%)
- 주요 수출국: 일본(90%)

❖「경북 농산물 명품화」추진

- 대상 품목: 전국 생산량 중 1위 품목(참외, 사과, 복숭아, 포도, 고추)
- 명품화 추진 상황

- 사과: 사과 상자에 바코드 부착 출하, 사다리 없는 과원 조성
- 포도: 비가림, 유기질 시비 확산
- 고추: 영양 고추 특유의 신태양초 건조
- 참외: 닫힘형 박스 정착, 규격화(박스 내 품질 균일화, 성주 대가) 저온 유통체계 도입(성주 수륜)

❖ 공판장 운영 개선
- 공판장 증설: 2개소(성주 참외, 건천 농협 경매식 집하장 전환) 등 총 30개소
- 채소 매장 확충으로 판매 능력 제고(대구공판장 150평, 안동 공판장 600평)
- 공판장 품목별 발전협의회 운영으로 산지 의견 수렴 및 출하 위주 운영체제 전환

❖ 전자상거래 활성화 추진
- 농협 인터넷 하나로클럽 개장(1999. 6. 21)
  - 참여: 도내 25개 농협 45개 품목
- 회원농원 자체 홈페이지 구축(신평, 수륜 등 22개 농협)
- 판매액 19백만 원(홍보, 상품개발 등 역점과제 추진)

〈2000년 유통 사업 추진계획〉

❖ 회원 농협을 산지 유통 핵심체로 육성

- 물류센터·공판장과 연계한 농산물 유통개혁 추진
  - 사업별, 자금별, 품목별 지원을 단일지원 체계로 개선
  - 사업 핵심: 규격화, 상품화, 물류표준화
  - 공동선별, 공동계산제 확산
  - 수확 후 처리기술 및 콜드체인(Cold·chain) 시스템 구축
- 중앙회는 지도·지원 강화
  - 경영 진단, 유통 사업 컨설팅 및 판로확보 지원
  - 농민 및 농협 임직원 교육 지원 강화
  - 2000년 선정농협: 17개 농협(340억 원 지원)

❖ 물류센터 운영 활성화

물류센터
- 산지와 직거래를 통하여 유통단계를 기존 5~6단계에서 3~4단계로 축소하는 신 유통체계
- 주요시설: 집하장, 배송장, 저온 창고, 소포장 가공실, 직판장
- 설치계획: 10개소(농협 단독 5, 컨소시엄 3, 공공 유형 2)
- 사업 내용: 기존(상장 수수료, 중도매인 수수료, 하역비 등 12~18%) 개선(물류센터, 중도매인 없이 수수료 50% 수준 직거래)
- 1999년 취급액: 양재(8,323억 원), 창동(3,810억 원), 청주(1,040억 원)

＜군위 농산물 물류센터＞

- 산지형 물류 센터 성공모델 기반 구축
  - 규모: 부지 35천 평, 건물 5,670평

    (중앙회 53.3%, 회원농협 25.2%. 군위군 21.5%)

  - 개장: 2000년 3월
  - 경북 생산 주산품의 전국 단위 공급: 사과, 복숭아, 포도, 마늘 등
  - 선진 유통기법 도입: 농산물 Recall제, 연중(365일) 판매, 24시간 운영, 예약, 수의계약, 전산 발주 소포장 시설, 잔류 농약 검사 등 실시

＜달성 농수산물 물류센터＞

- 사업개요: 부지면적 12,000평, 건물 6,000평, 위치 달성군 화원읍
- 사업 형태: 공공유형[건설(달성군), 운영 주체(공모), 농협]
- 산지 농업인과 도시 소비자를 잇는 공익적 기능과 물류센터의 건설 운영, 노하우가 있는 농협의 참여가 조화를 이룬 사업 형태

＜성서 하나로 클럽 직거래 큰 장터＞

- 대구시와 협력사업으로 농산물 소매유통을 전담하는 창고형 할인매장

- 시설 개요: 부지 2,000평, 건물 1,445평, 개장: 1998. 10.23
- 취급 물량: (1998년 2개월) 64억 원- (1999년) 540억 원
- 일일 매출액: (1998년) 92백만 원- < (1999년) 150백만 원
- 산지 직거래 및 대량 수요처 확보로 도매기능 활성화 추진

RPC - 미곡처리장
- 벼 수확 후 건조, 정선, 탈곡, 포장 등 일련의 작업 기계화 처리
- 1991년 처음 도입 설치 후 현재 18개소 운영
- 농가 산물 벼 확대 처리로 산지 가격 지지 및 농가 편익 증대

❖ RPC(미곡 종합처리장) 운영

- 대구·경북 1998년 조곡 생산량 1백만 톤의 32% 32만 톤 (8백만 포/40kg)을 가공, 판매 실적 1,684억 원 거양
- 1998년도 전체 RPC 손익은 858백만 원의 적자를 시현
- 적자 요인: 고정 투자 과다에 따른 감가상각비, 원료곡 매취에 따른 이자부담, 민간보다 원료곡을 비싸게 구입 (조합원 소득증대 기여)
- 벼 수확 후 기계화 작업으로 노력 및 비용 절감, 산지 가격 지지, 추곡 수매량 감축에 따른 수매 기능 보완 등 이점이 있으나 우수원료 생산을 위한 지역 농민들의 RPC 전속 출하 등 협조가 필요

❖ 친환경 농업 교육 및 확산

> **친환경농업 교육원**
> • 위치: 경북 경주시 서면 도리 951-1 부지 3,611평, 건물 287평
> • 농산물 수입 개방 시대에 대비, 고품질의 안전한 농산물을 생산하여 농업의 경쟁력을 높이고자 1996년 6월 4일 개원
> • 친환경 농업 관련 교육은 농업인, 학생, 도시 소비자, 농업 관련 공직자 등을 대상으로 실습위주로 실시하고 있음.

❖ 우수 환경농업 작목반 육성

• 환경농업의 기반 확충을 위해 1999. 10월 현재 314개의 환경 농산물 작목반을 육성하여 약 8,100여 농가가 환경 농업에 참여하고 있음

  - 1997년(164개) ⇒ 1998년(268개) ⇒ 1999년(314개)

• 저리자금 지원: 금리 5%, 132억 원

• 1998년 환경 농산물 생산 현황: 농가 수(3,931개), 재배 면적(11,196천 평), 생산량(81,170톤)

• 경상북도와 협력사업으로 환경농업 마을 육성.

  - 사업 기간: 1997~1999년(3년간)

  - 저리자금: 금리 5%, 121억 원(70개 마을, 878 농가)

• 환경농업 공동 연구 사업 추진

  - 농업기술원과 협력사업으로 시범포 운영: 7개 설치

  - 환경농업의 자재 검증 및 기술개발 보급에 역점

  - 예: 영덕·강구(키토산 농법), 점촌(활성탄 목초액 농업), 의성·

단일·상주·오리(왕우렁이 농법), 상주(육각수 관수 농법) 등

❖ 속박이 근절 운동

- 속박이 유형: 농산물 상단에는 상품을 하단에는 중·하품
  을 혼입(딸기, 토마토 포도, 사과, 배, 오이, 호박 등)하거나 중량
  미달, 허위 개수 등 표시사항과 내용물이 상이한(감귤, 배,
  사과, 참외, 복숭아, 오이, 호박 등) 포장 농산물
- 속박이 유통 실태(비율): 가락공판장 성수기 출하 기준
 - 사과, 배, 복숭아, 감귤: 10~15%
 - 오이, 호박: 20~25%
 - 딸기, 토마토: 30~40%
- 속박이 출하 문제점
 - 소비자들이 우리 농산물, 농업인에 대한 부정적 정서
   조장
 - 농산물 유통 효율성 저해 및 유통비용 증가
 - 물류센터를 중심으로 한 신물류 체계 조기 정착 한계
- 속박이 근절 대책
 - 생산자 실명제 실시, 속박이 출하 농가 공개 등 농업인
   의식개혁 추진
 - 작목반별 공동선별 확대 및 자율 검사 체계 구축
 - 주산지 회원농협별 품질관리사 육성 운영

❖ 안전 농산물 생산

- 현황: 대구·경북 지역에서 최근 3년간 52건의 잔류 농약
  초과 농산물 적발
- 깻잎 39건, 부추 11건, 시금치 1건, 고추 1건
- 부적합 농산물 출하 시 제재 사항
- 해당 농산물 폐기 및 1개월간 도매시장 농산물 반입금지
- 식품위생법 위반으로 고발, 50만 원~300만 원까지 벌금
  형 선고
- 안전 농산물 생산 대책
- 유기질비료 사용량을 증대시켜 토양개량 ⇒ 병충해에
  대한 저항력 강화 ⇒ 농약 살포량 감소 ⇒ 안전 농산물
  생산
- 출하 전 잔류 농약 속성 검사 강화(1999년 9월 현재 1,821건
  검사 중 5개 품목 85건 부적합 검출)
- 조치 사항: 출하 연기 및 출하 중지
- 부적합 품목: 깻잎, 오이, 상추, 부추 등
- 채소류 주산지 농협에 잔류 농약 속성검사기 확대 보급
- 농약 안전 사용 관련 농업인 교육 강화
- 흙 살리기 운동 지속 추진(토양진단에 의한 시비 처방 16천 점)
- BB(Bulk Blending: 토양분석에 의거 지역별·작물별로 주문생산한
  배합비료) 공급 확대(1998년 18천 톤 - 1999년 33천 톤, 81%↑)

6. 농협조직에 대한 시각과 이해

❖ 농협은 어떤 조직인가?

- 농협은 소사이어티(Society)들의 결합체
- 독자적인 150만 농가, 1,200여 개의 독립법인체인 회원 농협, 그리고 연합회인 중앙회로 구성되었으며 조합장은 조합원이, 중앙회장은 조합장이 직선으로 선출
- 행정기관과 다르고 한전이나 한국통신 등 국영 기업체와도 상이함
- 민주화를 전후한 농협 운영의 변화
- 민주화 이전: 정부의 산하기관처럼 운영
- 민주화 이후: 농민 의사 대변 등 독자적인 목소리 구축, 그러나 정부는 곱지 않게 보는 측면이 없지 않았음
- 각계각층의 다양한 기대에 부응하기 어려움
- 농협은 국민경제 전체를 고려해야 하는 입장
- 1994년 여름 물가안정을 위해 농협 쌀 가격 인하 때 농협 쌀 공급 비중 증가로 물가안정에는 기여하였으나 이로 인해 국정감사 시 야당으로부터 혹독한 질책을 받았음
- 결국 정부로부터 50점, 농민으로부터도 50점밖에 못 받음
- 농협이 돈 장사에만 치중한다는 비판은 농협 사업에 대한 이해 부족에 기인
- 농협은 신용사업의 뒷받침 없이는 경제·지도 사업이 구

조적으로 추진하기가 곤란
- 정부가 농협에 제공한 경제적 기반은 신용사업이나 신용사업에서 얻은 수익으로 경제·지도 사업 수행
  ※ 예컨대 중앙회가 지도사업비 100억 원을 조달하려면 1조 원의 예금을 1년간 잘 운용해야 가능(1998년 지도사업비 지원액: 1,118억 원). 신용사업이 있기 때문에 정책 자금의 지원이 가능
  ※ 1999년 농촌자금 공급 구성비: 정책 자금(28.1%) 중앙회 자금(16.3%), 상호금융(55.6%), 정책 자금 중 농협자금 투입액(38.8%, 9908억 원) 차지
• 사업 성격의 차이
- 동일 물량 취급 시 경제사업 수익은 신용사업의 5분의 1 수준
- 반면 노동력은 경제사업이 신용사업보다 4~5배 더 소요
  ※ 경제사업은 물동을 움직여야 하나 신용사업은 수표 한 장으로 가능
  ⇒ 결국 같은 수익을 내는데 경제사업이 신용사업보다 훨씬 더 어려움
• 농협이 농산물 유통에 소홀하다는 비판
- 농산물 유통에 있어서 농협의 역할은 시장 점유율 기준으로 평가되어야 함
- 1999년 농협의 공동판매 실적은 13조로 농업생산액 30

조 원의 약 30%에 달함

- 쌀의 경우 1998년 기준 시장 점유율은 40%에 달해 선진
국 협동조합 곡물 시장 점유율을 크게 상회

  ※ 영국(21%), 스페인(20%), 이탈리아(17%)

- 농협의 양곡 시설은 미곡 종합처리장(RPC) 등을 통해 쌀
을 공급하는 등 미곡 유통구조 개선에 크게 기여한 것으
로 평가

• 농협의 신용사업과 경제사업은 상호 간 시너지 효과 발휘

- 신용사업에서 조성된 수익이 경제사업으로 전이 경제사
업에 적극적 투자 및 손실 보전

- 농협의 금융 점포는 고객에게 금융서비스 및 우리 농산
물도 판매하는 '슈퍼뱅크'로서 역할 수행

- 농협의 지도·경제사업 등 공익적 역할 수행은 도(道) 금
고 등 공공예금 유치로 각종 사용 자금을 마련

- 미국의 GE(General Electric)사가 세계적인 초우량 기업이
된 비결 중의 하나는 금융업(GE Capital)과 제조업을 겸업
하는 복합 사업체제의 시너지 효과 때문임

7. 21세기 농협의 비전(Vision)

❖ 세계 일류 협동조합의 구현

- 창조경영과 상생 철학을 바탕으로 종합농협의 장점을 최대한 발휘해 나감으로써 세계 일류 협동조합을 실현
  - 여기서 상생(相生)의 대상은 자연(自然: 환경친화적 농업육성과 쾌적한 삶의 공간)과 소비자(消費者: 식량 안보 안전한 농산물 생산), 지역사회(地域社會, 협력과 제휴)를 말한다.
  - 기존의 의식 제도, 관행을 부단히 개혁해 나감으로써 창의성과 활력이 넘쳐 나는 건강한 농협 문화 구축
  - 이러한 농협 문화의 토대 위에서 농협의 조직력 강화 및 사업 및 경영 혁신 전략을 조화시켜 추진
  - 지도 사업, 경제사업, 신용사업의 상승효과를 극대화하는 차별화된 경영시스템 구축을 통해 고부가가치를 창출
- 조합원과 고객은 물론 일반 국민에게도 '농협은 일류'라는 이미지를 구축
  - 조합원과 고객에게 '감동을 주는 농협'
  - 국민으로부터 '사랑을 받는 농협'
  - 직원과 가족에게 '보람과 만족을 주는 농협'의 구현이 21세기 농협의 비전임

❖ 21세기 사회 선도
- 다가오는 21세기 선진사회에서는 세계 경제의 통합이 가속화되면서 시장경제 원리가 우선시되고 정부의 규제

완화 및 역할 축소가 더욱 진전될 것임
- 그러나 실업, 환경오염, 식량부족, 자원고갈 등과 같은 자본주의 사회의 폐해가 커질 것으로 예상
- 이러한 상황에서 비정부기구(NGO), 특히 경쟁보다는 공생의 원리를 중시하는 협동조합의 역할과 중요성이 더욱 부각될 것임

❖ 2001년도 목표
- 농가 소득: 1995년 22백만 원 - 2001년 36백만 원
- 사업량: 1996년 103조 원 - 2001년 208조 원
- 농협은 더불어 잘사는 협동조합, 지역사회를 건설하는 데 선도적인 역할을 수행
  - 농지 보전, 인력 육성 기술개발 등 농업 생산 기반 조성
  - 안전하고 우수한 농산물의 생산 및 판매 체계 구축
  - 농작업 환경개선, 문화, 여가시설 확충 등 농업인 삶의 질 향상
  - 환경농업 육성, 전통문화의 보존 등 농촌환경 및 문화의 보전
  - 농업인과 비농업인이 더불어 사는 쾌적한 농촌 생활 공간조성 등에 힘써 나갈 것임

❖ 마무리

- 지금까지 우리를 둘러싼 농업과 농촌환경, 그리고 이를 극복하기 위하여 노력하고 있는 농협의 역할에 대하여 살펴보았음
- 어떤 사람은 지금 상황을 '총성 없는 전쟁'이라고까지 하며 6·25 이후 가장 어려운 때라고 함. 그러나 이런 이야기가 있음
 - 북대서양에서 잡은 청어를 그냥 바닷물에 넣어서 시장으로 옮기면 도착하기도 전에 다 죽는다고 함
 - 그러나 상어와 함께 넣어두면 시장에 도착할 때까지 죽지 않고 살아남는다고 함. 상어가 주는 위협 때문에 살아남기 위해서 계속 긴장해 있기 때문임
- 거대한 중국 본토와 맞서 있는 홍콩과 대만이 그렇고 손바닥만 한 도시국가인 싱가포르가 바로 그런 예임. 사회학자들은 이런 현상을 「쫓김의 발전학」이라고 함
 - 일반적으로 호황이 계속되면 사람들의 마음도 느긋해져 열심히 노력하지 않다가, 살기가 어려워지면 더 열심히 노력하여 위기를 창조적으로 극복할 수 있다는 것임
  - 우리 농업인도 지금의 이 위기를 한 단계 더 발전할 좋은 기회로 활용하시기를 바라는 마음 간절함

〈2000년 4월 경북대학교 최고농업경영자과정 강의자료 중〉

MY VISION!
초일류 '서울농협인'이 되자

1. 모두(冒頭) 인사

- 호반의 도시 춘천에서 계통 직원 간 '워크숍' 의미
- 다람쥐 쳇바퀴 일상 탈피 – 자아 반성 및 자기 계발 계기 바람직

2. 당면 현황

❖ 농협법 개정 추진

- 경과: 농협 개혁위 구성 ⇒ 정부(안) 국회 제출 ⇒ 정기국회 심의 확정 ⇒ 통합농협 출범
- 문제점: 사업 부문별 소 이사회, 부가 의결권, 조합 자

율 선택

- 농협 대책위 구성: 지배구조 개선, 신경(信經) 분리, 시군
지부 폐지 등 농민 실익을 위한 농협 법 개정 추진

❖ 농업 부문 조세감면 연장 추진

• 비과세 예탁금: 2003년 말 폐지, 비과세 시한 연장

• 농어가 목돈마련저축: 2004년 폐지, 동 제도 유지 및 비
과세 시한 연장

❖ 2004년 사업계획 추진

• 조합별 자율 사업계획 수립 추진

- 사업성장률, 경제사업 확충, 직원복지 예산 등

• 지역 본부장 경영 자율권 확대

- 각종 예산 및 자금배정, 사업 심사 및 승인권 이양

- 중앙본부: 조정 및 통제, 지역 본부: 경영 자율

• 2003년 사업계획(사업 물량·손익 목표) 마무리 철저

3. 서울농협의 현주소

❖ 조직 및 사업

2003.11.20 기준

구분	중앙회	회원농협	계	구성비
사무소(개)	116	144	260	
직원(명)	1,780	3,850	5,630	
총수신(백만 원)	149,654	66,000	215,654	16%
건전여신(백만 원)	74,065	50,866	124,931	14%

❖ 직원의 위상(自畵像)

- 서울농협은 한국 농협의 얼굴이다.
- 신용사업은 전국 농업자금 공급의 젖줄이다.
- 자긍심, 책임감 있는 자랑스러운 일꾼이다.

❖ 신용 경제사업 비교

- 서울농협 예수금 대비 경제사업 점유율: 7.3%
  - 지역농협: 5.3%(영동 2.5%~서부 8.9%)
  - 품목 축협: 14.17%
- 최근 3년간 평균 성장률
  - 경제사업: 3.5%(지역농협 4.6%, 지역축협 1.5%, 품목 축협 △2.6%)
  - 신용사업: 18.2%(지역농협 21%, 지역축협 △12.1%, 품목 축협

9.3%)

- 2003년 예상 성장률
  - 경제사업: 5.8%(지역농협 5.8%, 지역축협 △2.5% 품목 축협 2.5%)
  - 신용사업: 19.8%
  - ※ 2003년 KDI 자료: 국내 경제성장률 2.6%, 물가상승률 3.7%

❖ 문제점
  - 신용·경제사업 격차 확대, 사업 구조적 모순
  - 도시농협의 정체성(正體性) 문제 대두

4. 본부장(선배)이 당부하고 싶은 말

❖ 확고한 직장관을 갖자
  - 직장의 경영 이념 철학에 동의한다면 애정을 갖고 노력하는 가치 및 협동정신 진작 필요
  - IMF 이후 농협만 한 직장도 없다. 본인만 제대로 하면 평생직장도 가능하다.
  - 경기 침체로 고학력 백수(白手)시대, 도피성 이민, 대학생 졸업 연기, 오륙도, 사오정, 삼팔선이 되지 말자.

- 협동조합 운동은 할 만하다(보람: 농업·농촌의 경제적 약자 지원, 경험: 금융·경제·보험·지도 업무 등 다양한 종합농협 업무 경험)
• 애사심(愛社心)이 없고 무책임한 직장인은 결국 일과 자신에 대한 불확신자임
• 확고한 신념이 없으면 결국 자신, 가족, 직장(농협)을 망친다. 애정과 소신을 갖고 일한다면 좋은 세상도 오겠지만, 절(寺)이 싫으면 중(僧)이 떠날 수밖에 없다.

❖ 조직의 기본에 충실하자
  • '서울농협'의 기본
  - 조직의 기본은 언(言), 행(行), 사(事) 등, 예(禮)의 기본으로서 이는 곧 자신, 가정, 직장(業) 등 사회 구성원으로서 기본이다.
  - 수익성 창출: 여·수신 사업의 확충, 채권관리 등
  - 자산의 건전성: 연체채권 감축(기업, 가계 여신, BC카드) 및 사고 근절
  - 도시농협 정체성의 확립: 소비지 농협 경제사업 확충, 도시농협 특색사업 개발 등
  • '서울농협인'의 기본
  - 기본을 지키는 업무처리: 여·수신 등 각종 업무처리는 고객 만족, 친절 봉사 정신으로 전국 농협의 얼굴 역할을 다하자.

- 분수에 맞는 자기관리: 일확천금에 들뜬 군상(群像)들의 주식투자, 튀는 언행 등으로 뱁새가 황새걸음 걷는 흉내를 내지 말자.
- 제 몫, 제 자리를 아는 사람: 직위, 직급에 상응하는 책임을 다하는 사람이 되고 누워서 크는 콩나물이 되지 말자.

5. 도시 농협의 정체성(正體性)을 찾자

❖ '농협이 왜 서울에 있어야 하나?'
- 이 말은 곧 '도시농협의 정체성, 즉 존립 목적과 존재 가치가 무엇인가?'라는 질문과 다름없다.
- 서울농협의 존립 목적은 도시의 유휴자금을 흡수, 이를 전국 농업 생산에 필요한 농업자금을 공급하는 젖줄(Pipe Line) 역할
- 경제사업 확충을 통해 1천만 서울시민들에게 안전 먹거리와 신선한 농산물을 제공하는 생명 산업적 기능
- 관광(레저) 농업, 근교농업의 개발 육성 등 지역 특색사업의 창출을 통한 농업의 중요성과 도시민 및 학생들에게 향수심(鄕愁心)을 달래 줄 체험농업(體驗農業)의 확산이 필요하다.

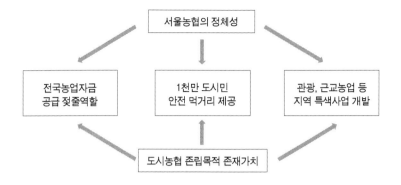

❖ 서울농협의 정체성을 찾는 길

- 도시 유휴자금 흡수, 지속적 농업자금 확대 공급
- 창구 환경 개선, 고객 만족, 양질의 상품으로 전국 농업 자금 지원 확대
  - 노동소득 분배율: 전국 평균 55%, 서울 36%(서울우유 제외 시 52%)
  - 고객 만족도(2001년 5월 ANR 조사 결과): 농협 고객 중 38% 가 잠재적 불만 고객, 불만 사유 중 80% 이상이 우리 직원들 불친절 때문임
- 경제사업 활성화로 도농 간 상생(相生) 가교 역할
  - 산지 직거래(물류센터, 하나로마트)를 통한 유통단계(5, 6단계 - 3, 4단계) 축소 및 안전 농산물 제공
  - 농산물 상품성 제고(Cold Chain System)와 표준화 규격화 추진

- 전자상거래 활성화 및 대량 수요처 확보
- 관광(레저) 농업 개발 및 근교농업 육성- 관광 농업: 농업과 관광이 결합, 일거리 먹거리 체험 거리를 제공하는 농업을 말함. 일례로 일본에서 농협이 운영하는 '시민농원', 사과·포도 따기, 죽순 캐기 사업과 대만이 아열대기후를 이용한 4계절 연중 과실을 생산하는 농업은 도시민들의 향수심(鄕愁心)을 달래고 학생들의 체험(體驗) 농업과 도시 근교의 유휴시설을 이용하는 사업으로 각광받고 있다.
  - 근교농업: 도시 근교에서 채소, 화훼(꽃), 과수 등 상품 원예 작물을 집약적으로 재배, 교통의 발달, 재배 기술의 향상, 수요 증가, 도시권 확대 등에 따라 수익사업으로 전환 운영 육성
- 「서울농협 특색사업 개발 추진위원회」 구성 운영
  - 구성: 위원장(본부장) 외 위원 8명(조합장, 사계 저명인사, 모범 농업인 등) 구성
  - 임무: '농·축협 특색 사업' 개발 추진, 품목심사 및 확정, 개발계획 추진, 점검, 자문 및 연구 등
  - 대상 사업: 예(例) 마트 대형화, 장례식장, 납골당, 휴양소, 자재 창고, 축산물공판장, 근교농업, 관광농업개발, 품목 등 심의 확정
  - 개최 시기: 2004년부터 매 분기 정례 1회 및 필요시 개최

6. 고객 만족(C/S)의 길

❖ 문제의 제기
- 금융의 격전장에서 살아남기 위해서는 친절할 수밖에 없다.
- 친절 서비스는 말로 떠드는 것이 아니라 몸으로 실천하는 것이다.

❖ 고객 만족(C/S)이란 무엇인가?
- 고객 만족이란 고객에 대한 나의 예의, 배려이며 조직의 경쟁력이다.
  - (과거) 은행, 서비스 업체 전유물 ⇒ (현재) 국가, 기업, 지방자치단체, 군경, 구멍가게도 친절해야 살아남을 수 있다.
  - 미국 대통령 클린턴(clinton): "정부는 기업, 고객은 국민, 정부도 고객 만족 경영을 해야 한다."
- 고객 만족은 선택이 아닌 생존을 위한 필수이며 E ⇒ Business와 함께 21세기 우리가 살아가야 할 생존 경영철학이다.
- 고객 만족: 기업 이미지 제고 ⇒ 매출 증대 ⇒ 농협(나)의 발전

❖ 고객 만족 어떻게 할 것인가?

- 직원(自己) 중심이 아닌 고객 중심 눈높이 응대

고객 중심 눈높이 응대

C/S(H): P/D   D>P: 불만   D<P: 만족

* C/S: 고객 만족(Custom's Satisfaction)

  H: 행복(Happiness)

  D: 욕구, 기대치(Desire)

  P: 소유, 현재가치(Possession)

- 〈과거〉 신속, 정확, 친절 ⇒ 〈현재〉 친절, 정확, 신속, 편안함, 안정감
- 고객의 욕구보다 소유를 키워 고객 만족을 달성하고 이를 위해 정감 어린 훈훈한 대화, 눈 맞추고 인사, 신속한 업무처리, 불평하는 고객에게 문제를 해결해 준다.
- 금상첨화(錦上添花): 하나로 고객에게 특별서비스(재테크, 세무 상담, 취미 동호인 모임 참여 등)

❖ 중점 추진 과제

「BEST Service 운동」 전개

- B: Beneficial Service(고객 실익)
- E: Efficient Service(고객 편익)
- S: Satisfied Service(고객 만족)
- T: Total Service Reformation(전 농협 서비스 혁신)

- 당근과 채찍(信賞必罰)의 강화
  - 우수 사무소: 업적평가 가점(최고+30점) 포상금 지급
  - 우수 직원: 맵시 스타 선정, 해외 연수, 표창
  - 불량사무소: 업적평가 감점(최고 △15점), 경고장 발송, 팀별 교육
  - 불량 직원: 경고장 발송, 특별교육, 인사상 불이익 조치
- 인사하기 "안녕하십니까? 반갑습니다." 운동 전개
- '농협 서비스 아카데미' 개설 교육 활성화
  - 팀 빌딩, 맵시 리더, 신규직원, 사무소장 교육 등(연 121회, 12,580명)
- 지속적 진단평가, 개점 행사, 감사 시 점검 등
- 사무소 단위 중점 추진 사항
  - 책임자와 창구직원이 C/S 추진 불씨가 되자.
- C/S 업무는 그 중요성을 알면서도 실천하기가 어렵다. 책임자가 실천 주체, 불씨가 되어야 활화산이 된다.
- 맵시창구 개점식 주관(주 3회 이상): 사무소 설정에 맞는 C/S 교육 주관(자료, 하나로 전자 사무실 1호(전국 게시판), 맵시 21(서비스 아카데미 방 참조)
- 고객 만족은 사무소장, 책임자, 직원이 하나로 뭉쳐야 가능하다.
  - 행동양식: C × M × S의 결정체
    C: (신념, Concept) 철학, 비전, 혁신

M: (태도, Mind) 열정, 애정, 신뢰

S: (능력, Skill) 창조적 능력, 인간관계 능력

- 불평하는 고객에게 더 친절해라.
  - 고객은 만족하는 순간 불만을 생각한다.
  - 불평하는 고객이 있기에 서비스가 필요하다.
  - 이탈고객 재유치 > 기존고객 6배 유치 비용(노력) 필요

❖ 고객 만족 장단기 추진 과제
- C/S 문화 정착을 위한 장기적 추진 사항

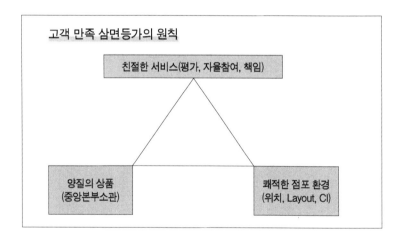

위 그림 중 '양질의 상품'은 중앙본부 소관, '쾌적한 점포 환경'은 이 책 제5장 출강노트 '농협점포환경, 달라져야 한다.' 참고

❖ 매듭 말(結語)

- 막바지 사업 추진 목표 달성에 최선 당부

- 서울농협 정체성(正體性) 확립과 고객 만족의 길은 하루 아침에 이루어지지 않는다. 그러나 BEST는 없다. BETTER를 향해 쉼 없이 뛰자.

  - 주자십회(朱子＋悔): 부접빈객거후회(不接賓客去後悔)

  (귀한 손님 제대로 응대 못 하면 떠난 후 후회한다.)

- 미국 도소매 체인점 「Stew Leonard 사규(社規)」 2가지

  - Rule I: The customer is always right. (고객은 항상 옳다.)

  - Rule Ⅱ: If the customer ever wrong reread Rule I.

  (설령 고객이 잘못했다 하더라도 규칙 I을 생각한다.)

- 직원 여러분들의 건승을 기원함

〈2003. 11. 18. 서울농협 직원 춘천 워크숍〉

〈신문 기고〉
「새로운 농업관」을 확립하자

우리나라 농업과 농촌은 우리가 여태껏 경험하지 못했던 급격한 환경 변화, 즉 WTO 체제 출범과 OECD 가입, 지방자치제 실시, 농업구조 개선 사업 추진 등으로 큰 어려움을 겪고 있습니다.

지난 30여 년간 우리나라는 공업화 중심의 고도성장 과정에서 세계 역사상 가장 빠른 속도로 탈 농경 사회화(산업화)를 겪어 왔으며 이러한 과정에서 농업과 농촌의 문제는 상대적으로 소외되고 경시되어 왔으며, 여기에 추가된 농산물시장 개방은 시장 개방에 대비하여 구조조정을 한 번도 거치지 못한 우리로서는 새로운 충격으로 받아들여졌습니다.

문민정부 들어서는 이와 같은 중증에 걸린 농촌문제를 치유하기 위해서 비로소 일시적인 미봉책이 아닌 근본적인 대책이 필요하다는 것을 인식하고, 지난 94년부터 농업구조 개선 사업(농업 투융자 42조 원, 농어촌 특별세 15조 원)이 시작되어 농업생산 기반 확충, 벼농사의 일관된 기계화 구축, 채소, 과수, 축산 부문의 전문 경영체 육성 등 가시적인 효과가 나타나기 시작했습니다.

그러나 일부 사업추진 과정에서 사업대상자의 부적격자 선정, 부실사업체의 발생 등으로 인해 사회 일각에서 농업이 갖는 주요한 기능인 식량 안보, 국토환경 보전, 홍수 조절, 수자원 보존 등 공익적 기능을 외면한 채 경제 논리의 효율성만을 내세워 농업투자의 축소 조정을 주장함으로써 2004년까지 지속적인 투자재원을 확보하는 데 어려움을 주고 있는가 하면 농지전용의 완화, 농산물 관세율 인하 등의 움직임이 엿보이고 있는 것은 실로 개탄스러운 일이 아닐 수 없습니다.

그러면 농업이란 과연 무엇인가?

말할 것도 없이 농업은 앞에서 예시한 공익적 기능 이외에도 국민의 먹을거리를 제공하는 생명산업이요, 국가를 구성하는 국민의 주권이며, 우리의 전통문화를 지키며 가치관을 계승하는 터전이자 정치와 사회 안정의 뿌리입니다.

우리 농업도 이제는 쌀농사 중심의 노동집약형에서 과수, 채소 등 자본 기술 집약농업으로 진화되고 있고, 부가가치를 가공사업 추진 등으로 충분히 성장 잠재력과 발전 가능성을 지니고 있음을 볼 때, 농업인들도 이제는 농업은 '쇠퇴 산업'이라는 패배주의와 피해의식에서 탈피하여 농업을 경영주로서 주인의식을 가져야 함은 물론, 첨단 산업의 개발에 따라 창의적인 연구와 투자 여하에 따라서는 생산성 높은 성장산업으로 발돋움할 수 있다는 자신감과 신념을 가져야 하겠습니다.

이러한 차원에서 우리 농협은 오는 8월 15일 농협 창립 36주년을 맞이하여 농업에 대한 부정적인 시각을 바로잡고 올바른 농업 관을 세우고 농업보호에 대한 국민적인 공감대를 형성하기 위하여 '새로운 농업관'을 정립, 캠페인을 전국 일원에서 개최키로 했습니다.

이는 바로 급격한 산업화 과정에서 농업의 가치와 비전을 제대로 정립하지 못한 지난날의 과오와 농업 문제에 대한 근본적인 인식을 바로잡기 위한 것뿐 아니라 정보화 세계로 치닫는 21세기를 목전에 둔 이 시점에서 우리 것과 우리의 얼을 되찾는 또 하나의 '신토불이(身土不二) 운동'으로서 이 시대를 살아가는 우리 스스로가 해야 할 당연한 사명이라고 생각합니다.

따라서 우리 농협인은 평소 농업과 농촌 농협을 사랑하고 아끼는 모든 분에게 이 운동이 성공적으로 전개될 수 있도록 적극적인 동참과 협조가 있기를 기대하여 마지않습니다.

〈1999년 3월 포항(浦項) 대동일보(大東日報)〉

IMF 구제금융이
지역경제에 미치는 영향

　IMF 구제금융이 대선 정국의 한반도를 강타하고 있다. 연초부터 무리한 단기 차입금에 의존하던 기업의 연쇄적인 흑자도산과 일부 금융 기관의 부실여신 급증으로 인한 신인도(信認度) 급락, 그리고 환율의 급등에 따른 외환시장의 마비가 오늘의 국치(國恥)를 가져오게 된 것이다.

　IMF는 금융지원에 앞서 수혜국으로부터 강도 높은 '경제개혁 프로그램'을 요구하고 있는데, 이번에도 역시 경제성장률 3% 수준 유지, 국내 총생산액(GDP)의 1% 이내 경상수지 적자 축소, 부실 금융기관의 구조조정 및 개혁 조치, 자본 자유화의 단계적 개방 등 실로 우리로서는 감내할 수 없는 고통을 요구하고 있다.

이번 조치로 인해 한국 경제는 거품 해소를 통한 국가경쟁력 향상과 재도약 할 수 있는 긍정적인 측면도 있겠지만 경제의 긴축 운용으로 인한 실업자 증가, 국민세 부담 가중, 물가 상승과 구매력 저하 등 내핍 경제의 부작용이 주는 부정적 측면은 싫든 좋든 간에 감수하여야 한다.

특히, 지역경제 차원에서 볼 때 경기 침체로 인한 저축률 저하로 가계 및 기업 대출의 둔화, 신규 대출의 억제와 자금 경색에 따른 기업도산 증가 및 고금리 시대 제1, 2 금융권 간의 과당 경쟁과 수지 결함에 따른 금융권 생존경쟁 등이 불을 보듯 뒤따를 것이다.

이중 무엇보다 우려되는 것은 농촌구조 조정과 지역농업 발전을 위해 지속적인 투자가 요구되는 이때, 정부의 긴축 재정에 따른 농업 부문의 지원 축소와 농업, 농업인에 대한 각종 세제 등의 혜택이 감소한다면 생명산업을 지키는 농업인들에게는 이보다 더 큰 주름살은 없을 것이다. 우리 모두 삭풍의 들녘에서 홀로 자라는 인동초(忍冬草)의 슬기를 배워야 할 때다.

〈1997. 4. 영천신문(永川新聞)〉

새해 인사

무인년 새 아침을 맞아, 농업인 조합원과 고객 여러분께 삼가 새해 인사를 드립니다.

지난 한 해는 우리 농협이 농산물 유통의 선도적 역할을 다하기 위해 농산물 공판장 등을 개설하여 농산물 공동 판매액이 6백60억 원에 육박하였으며, 중앙회와 회원농협의 총 수신고도 3천156억 원을 달성하여 지역 최대 금융기관으로서 면모를 보이고 고객에게 안정되고 신뢰감을 더욱 높여준 한해였다고 생각됩니다.

농업인 조합원 그리고 고객 여러분!
지금 우리 경제는 매우 어려운 상황에 직면해 있습니다.

우리나라가 IMF의 자금지원을 받게 됨에 따라 경제 전반에 걸쳐 강도 높은 구조조정이 추진되고, 농업 부문도 엄청난 영향을 받게 될 것입니다. 이럴 때일수록, 우리 농업인은 농업을 지키는 데 더욱 총력을 경주하여야 하겠으며 농업의 경쟁력을 한층 더 갖출 수 있도록 농업 구조 개선 사업에 지속적인 투자를 하고 에너지 절감형 영농방안을 강구하여 생산비를 절감하는 지혜를 함께 갖춰야 하겠습니다.

또한 우리 농협의 경영 내실화를 기하기 위해서 조직과 사업체계를 재정비하여 비능률과 거품을 과감하게 제거함으로써 명실공히 농민본위(農民本位) 항재농장(恒在農場) 실사구시(實事求是) 농협을 이룩하는데 다 같이 앞장서 나가야 하겠습니다.

부디 올해에도 농업인과 고객 여러분의 가정에 건강과 기쁨이 함께 하시기를 기원합니다.

새해 복 많이 받으십시오.

1998년 새 아침

농협 영천시지부장 최상태

농협 점포 환경 달라져야 한다
'사무환경 표준화 개발'을 마치면서

1. 문제의 제기

최근 은행을 비롯한 기업들은 21세기를 향한 경영전략의 하나로서 기업의 얼굴에 맞는 시각적인 요소의 통일화(VI: Visual Identity)를 통해 기업 얼굴에 맞는 구성원의 마음(경영 이념, 가치 의식의 공유화 등)을 통일화(MI: Mind Identity)하고, 마음이 통일화한 바탕 위에 구성원의 행동양식 통일화(BI: Behavior Identity)를 기함으로써 기업 에너지를 창출하는, 이른바 CI 전략을 추진하고 있다.

특히 정보화, 국제화, 자율화로 이름 지어지는 현대 경영에 있어서 각 기업은 생존전략의 하나로 사무자동화(OA)를 촉진

해 사무 생산성 향상과 인력의 성력화(省力化)를 추진하는 한편, 고도의 대외 경쟁력 강화를 위해 유통과 환경개발에 민감한 반응을 보이면서 많은 투자와 이목을 집중시키고 있다.

이러한 급변하는 환경 속에 살고 있는 우리 농협은 'UR'이라는 미지의 괴물과 싸워 나가야 하는 또 하나의 과제가 대두되고 있는데, 이에 대한 자구책(금융 부문)으로 필자의 생각으로는 신상품의 개발, 점포 환경 개선, 양질의 서비스(OA)가 삼면 등가적(三面等價的)으로 보완 추진되어야 한다고 생각한다.

더욱이 유통 환경 시대에 살고 있는 농협의 점포 경영과 환경측면을 볼 때, 우리 농협은 시대가 요청하는 점포의 경영전략을 수립하지 못하고 있다. 점포의 위치는 갓 시집온 새색시처럼 골목 한쪽에 숨어 있고, 점포의 건물은 구조물적 인식에서 벗어나지 못하여 아무런 농협적 특색이나 이미지를 찾을 수 없으며, 점포 속의 각종 집기 및 배치는 단위사무소장 개인적 취향에 의해 멋대로 구입 또는 좌지우지되고 있는 현실에 있다.

2. 사무환경 표준화 개발 내용

이처럼 낙후되고 무원칙한 농협 점포 환경을 구조적으로 개선하고 농협의 얼굴에 맞는 점포 환경을 경영 전략으로 표준화, 통일화를 이룩함으로써 고객에 대한 이미지 셰어(Image Share)가 바로 마켓 셰어(Market Share)로 직결될 수 있도록 추진된 것이 본 '사무환경 표준화 개발' 사업이다. 따라서 본 표준화 개발사업은 오랫동안의 기초자료 조사와 계획의 수립, 그리고 설득과 이해 끝에 기본계획을 확정하고 국내 CIP 및 환경 디자인계의 선두 주자인 '인타디자인 연구원(원장 한도룡(韓道龍), 서울 홍익대 미대 교수, 본회 제1차 CIP 개발 담당)'에 의뢰하여 약 19개월간 걸친 작업 끝에 이번에 햇빛을 보게 되었다.

주요 개발 내용은 점포 외부 환경 체계, 내부 환경 체계, 사무 집기 및 가구류 체계, 실내 배치 체계로 나누어지는데 품목별 개발 내용은 다음과 같다.

점포 외부 환경은 농협 점포의 상징성을 강조하고 인접 건물과 차별화를 둠으로써 누구나 쉽게 인지, 접근할 수 있도록 기본 틀을 잡았다. 이를 위해 건물 상층부 중앙 부분에 농협 상징물(녹색 바탕에 노란색 마크 사인물)을 설치하고, 건물 전면은 다양하고 산만한 플래카드의 정리 정돈을 위해 풀 배너(Pool

Banner)를 도입하였으며, 창문 사인물은 사색(社色)인 녹색과 노란색을 이용한 밴드 형태, 주 출입구는 산뜻한 사무소 명칭 사인을 두도록 했다. 이 밖에 건물 외벽의 색상과 조경수, 고객 편의 시설 배치가 개발되었다.

점포 내부 환경체계는 사무기능(도입, 축, 공간 배분, 동원) 체계와 환경(색채, 조명, 음향, 공조) 체계가 조화를 이루면서 타행과 차별화되는 농협적 창구 분위기를 조성하고 신용, 경제사업을 병행하는 점포 특성에 맞도록 세심한 배려를 했다.

예를 들어 현행 창구 계 표지판을 개선하여 패널형 미디어 라인(Media Line, 현수형 및 벽부형 2종)을 도입함으로써 각종 표지판의 정리 정돈과 '농협=녹색'이라는 연상동기(聯想動機)를 부여했고, 농업·농촌을 상징하거나 지역 특색을 나타내는 사진을 담을 수 있는 와이드 컬러 형태 상징(C/T) 패널을 도입하여 점포 안이 농협 냄새로 물씬 풍기도록 했다.

또한 점포 여건에 따라 '우리 농산물 애용 창구', '사무자동화 코너', '농업 유물 전시', '고객 휴게 코너' 등을 점포 인테리어 차원에서 개발, 설치하도록 하였으며, 각종 포스터 종합게시판인 포스터 패널과 백색 계통의 블라인드 커튼, 실내 음악(궁중음악), 벽, 천장 등의 색상, 조도, OA 환경에 대비한 악세스 플로어(Acess Floor)가 아울러 개발되었다.

사무 집기 및 가구류 체계는 기능성(복합적 기능), 적응성(배치 적용), 쾌적성(인체공학)을 고려하면서 사무자동화(OA)에 대응하여 전반적으로 OA 가구 디자인으로 설계되었으며, 향후 공동제작과 저렴한 조제 단가를 위해 부속 자재의 기성품 최대 활용과 특정 기술의 노하우(Know How)를 배제했다.

집기별 개발 내용을 보면 영업대에는 영업대와 책상이 하나로 된 원세트 유닛 형태(하이로 연결 카운터)로 개발하여 OTM 본격 사용에 대비하고, 전표 등 각종 비품과 권종별 현금 수납을 위한 책상 서랍의 기능을 구조적으로 개선하였으며, 책상은 직급별 규격을 차별화하고 앞으로 직원마다 PC 사용에 대비해 PC용 보조 탁자도 개발했다.

의자는 별도 디자인하되, 제작 시 엄청난 금형 제조비 등 원가 상승 요인을 감안, 유사 시중 제품을 사용(단, 마감 천과 색상은 지정)하도록 하였으며 응접세트는 사무용과 객장 고객용으로 이원화하되 사무용은 직위에 따라 구분 적용할 수 있도록 3종류를 객장 고객용은 장방형과 원형 2종류를 개발했다.

사무자동화 부스는 파티션 개념을 도입, 심플한 디자인으로 가변 적용할 수 있도록, 농산물애용 창구는 코너장, 벽부장, 쇼케이스 등 3종으로 개발하여 금융 점포 안에서도 독립적으로 판매장 기능을 갖도록 설계를 확정하여 사무자동화 부스와 함께 이 두 품목은 이미 계통사무소에서 도입 적용하고 있다.

한편, 필경대는 영업대와 『디자인 컨셉』을 같이하여 만년력을 포함하여 개발하였으며, 정보단말기 설치대는 점포 내에서 농협 사업 기능을 반영토록 하여 고객 휴게를 위한 코지 코너(Cozy Coner)와 짝을 이루어 고객의 만남의 장소로 활용토록 했다.

이 외에도 옷장, 서류장, 책장이 복합된 벽면(Wall) 캐비닛, 장식장, 화보대, 파일, 재떨이 겸용 휴지통, 파티션(칸막이), 안내용 책상, 화분대, 회의용 탁자 및 의자, 공중전화 박스, 핸드레일, 서류 카드함 등이 아울러 개발되었다.

실내 배치 체계는 창구 분위기 혁신과 효율적 사무공간 활용에 초점을 맞추어 금융 점포는 점포 형태별로 8종의 배치모델 (표준 모델 1종, 응용 모델 7종)을 설정하였으며 후선사무소는 시설 배치 및 평행 배치 2종의 모델을 개발했다.

한편, 단위 사무소장실 표준 평수와 배치 레이아웃을 설정하여 이미 전 계통사무소에 도입 적용토록 통보하였으며 슈퍼마켓, 연쇄점 등 경제사업 부서의 배치 및 환경 기본계획도 이번에 새롭게 제시된다.

3. 도입 적용 계획

농협 몸에 맞는 농협 옷을 입히는 이 대역사(大役事)는 개발도 중요하지만, 그 못지않게 도입 적용이 무엇보다 중요하다.

올바른 도입 적용을 위해서는 먼저 대전제로서 일부 직원들 사이에 엿보이는 새로운 환경 변화에 대한 거부감 순화, 전통적 보수적 사고를 뛰어넘는 의식의 전환, CI에 대한 잘못된 개인적 인식의 탈피가 선행되어야 하는데, 이에 대한 필자의 구상은 다음과 같다.

즉, 계통사무소에 효율적이며 성공적인 도입을 위해서는 5대 기본 원칙으로서 전 점포의 표준모델 통일 적용, 각종 디자인의 표준화 추진(자재, 색상, 규격의 임의 변경 불가), 사무소 단위 일괄 도입, 회원 조합 자율적 도입, 부서 간 계통 간 최대 협조(예산 및 지도) 원칙이 준수되어야 한다. 이를 위해서는 「사무환경 표준화」 장단기 계획을 수립, 계통별 연차별로 추진하되 도입 기간을 최장 7년을 넘기지 말아야 한다. 단기적으로는 금년 중에 시도별 1개 사무소씩 시범 점포를 설치 운영하여 파급효과를 기하고, 계통 임직원에 대한 교육과 '표준 사무환경 도입 적용 요령'을 제정하여 시행해야 한다. 그리고, 내년에는 CI 매뉴얼을 제작하여 전 계통사무소에 보급함과 동시『점포 환경 레이아웃 반』을 구성하여 올바른 도입 지도와 개점 관리를 전담케 하는 것이 필요하다.

한편 장기적으로는 점포 환경 개선 및 개발 집기의 조기 정착과 저렴한 제작단가를 위하여 사무환경(집기) 관련 외부 출자회사를 설립, 각종 집기의 제작, 공급, 설치, A/S는 물론, 점포 환경 시설, 레이아웃 등 부대사업을 타 사업(예: 인쇄 및 출판 사업)과 병행 추진하는 것이 바람직하며, 아울러 시대 추세(OA)에 걸맞은 점포 환경의 신기법(예: 금융 점포의 Drive in Bank), 소규모 Mini 점포 환경계획, 회원농협 각종 사업장 환경 시설 계획) 도입과 지속적인 연구 개선을 위한 제도적 장치가 뒷받침되어야 한다.

4. 개발을 마치면서

이번 표준화 개발 작업은 필자에게 많은 경험과 교훈을 남겼다. 그것은 CI 개념이 그러하듯 새로운 것에 대한 창출의 아픔과 개인적인 시각의 다양성, 그리고 업무 추진상의 애로 및 인간적인 고뇌 등이 있었기 때문이다.

본 개발을 추진하면서 필자에게는 두 분의 부장님과 두 분의 차장님, 세 분 대리님의 자리바꿈이 있었고, 개발팀에서도 몇몇 개발 요원들의 자리 변동이 있었다.

또한 작업추진 과정에서도 부장급으로 구성된 '사무 집기 개발 추진위원회' 4차례, '임직원을 대상으로 한 슬라이드 설명회' 3차례, 그리고 시범 점포 설치 및 품평회 개최 2차례가 있었으며, 품평회 준비 때에는 며칠간을 작업 요원들과 고락을 같이하기도 했다. 그러나 이 모든 노력에 대한 평가를 우리는 지금 당장 서두를 필요는 없다.

왜냐하면 오랜 각고 끝에 탄생한 개발 결과를 적극적으로 도입, 그것이 점포 환경 개선과 대외 경쟁력 제고로 이어진다면 성공의 열쇠가 될 것이고 아니면 강 건너 불 보듯 관심 밖으로 밀려난다면 '헛수고'가 될 수밖에 없기 때문이다.

다만 CI가 Best 아닌 Better를 향한 작업이기 때문에 앞으로도 본 개발 결과를 바탕으로 계속 조정, 보완 및 연구 개선이 필요함을 부연해 드린다. 그동안 각 분야에서 협조와 격려를 해 주신 모든 분께 이 기회를 통해 진심으로 감사드린다.

〈 1992. 2. 〉

제6장

'농협맨' 30년 발자취

'농협맨' 30년은 한 인생이 겪은 긴 흔적이다.

오랫동안 흙의 철학을 믿고, 한 우물(井)만 판

신토불이(身土不二), 실사구시(實事求是) 현장을

동분서주(東奔西走)하던 곳이다.

그 중 '농협 인의 꽃, 시·군(市 郡) 지부장 시절의

한때로 되돌아가 본다.

한솥밥을 먹는 식구들

한 사람의 인생을 몇 줄의 글로 표현하기란 그리 쉽지 않다. 지난 30여 년간 뜻을 세워 정진할 나이, 이립(而立)의 몸으로 농협에 입사하여 환갑(還甲)이 되기 전, 정년으로 퇴임할 때까지 짧지 않은 긴 여정(旅程)을 서술하기란 결코 쉬운 일이 아니다.

일찍이 공자(孔子)는 글을 짓되 述而不作 信而好古(술이부작 신이호고: 역사·저술·전통 등은 있는 그대로 기술하되 새로 짓지 않으면 사람들은 믿음으로 옛것을 좋아한다)라고 했다. 사기(史記)를 쓴 사마천(司馬遷)도 태사공필법(太史公筆法)을 제시하면서 言有事 言有物(언유사 언유물: 말에도 순서(때, 장소)가 있고 말에도 사물(내용)이 있어야 한다)고 강조했다.

또한 옛사람들은 書如其人(서여기인: 글은 곧 그 사람을 나타낸다)하여 글을 쓰되, 사람을 대하듯 예(禮)를 다하라 했다. 중국 漢나라 양웅(揚雄)은 그의 유학서(儒學書)인 법안(法顔)에서 言心聲也 書心畵也 聲畵形 君子小人見矣(언심성야 서심화야 성화형 군자소인견의: 말은 마음의 소리요 글은 마음의 그림이다, 말과 글을 통해 군자와 소인이 드러난다)고 말했다.

하기야 일개 필부(匹夫)의 습작(習作)을 어찌 이에 비견할 수 있겠느냐만 추사(秋史) 김정희(金正喜)가 우봉의 매화도(梅花圖)를 보고 '文字香(문자향, 글의 향기) 書卷氣(서권기, 책의 기운)가 없다'고 나무라는 것을 그냥 지나칠 수 없다. 늘그막 한 편의 글을 쓰더라도 예(禮)와 도(道)를 갖추고 기(起, 서론), 승(承, 설명), 전(轉, 증명), 결(結, 결론)은 있어야 한다는 뜻이다.

참으로 농협에 들어와 한 일도 많고 해야 할 일도 많았겠지만, 이런 일들이 조선(朝鮮)조 승정원일기(承政院日記)처럼 기록 보존된 것이 없다 보니 그저 희미한 옛 기억을 소환하여 여백(餘白) 위에 짧은 글로나마 메꿀 수밖에 없다.

입사 동기「土友會」결성

1972년 3월 28일, 대학교를 갓 졸업한 우리들은 봄꽃이 활짝 핀 이날, 경기도 고양군 원당벌(元堂伐) 농협대학(農協大學)에서 개최된 신규직원 환영식에 참석, 서로 인사하고 악수하며 '농협인'의 새 출발을 축하했다. 그런 뒤 각자는 피명된 현장(시군 지부 지점)으로 달려가 수습 기간을 거치면서 한 차례 농협 업무 전반에 대한 실무교육 기초반 교과과정을 이수하면서 침식(寢食)을 같이하며 웃고 떠들면서 서로를 알고 우정을 쌓아가는 또 다른 기회를 가졌었다.

이후, 많은 동기가 혼례(婚禮)를 치러 일가(一家)를 이루는가 하면, 더러는 사회(司會)를 봐주기도 하며 우르르 몰려가 축하를 해 주기도 했다. 물론 이 기간 군 미필자는 병역 의무를 다하기 위해 입대하는가 하면, 일부는 적성에 맞지 않아 농협을 떠나 퇴직하는 예도 있었다. 줄잡아 생각해 보면 당초 공채 대졸 제11기 합격자는 총 220명이었으나, 중도 퇴직자 1백여 명과 작고한 분까지 포함하면 2023년 현재 70~80여 명도 채 되지 않는 숫자에 머무르고 있다.

1988년 3월 어느 날, 이날은 매년 만나던 동기회 모임을 하고 그 명칭을 토우회(土友會)라 이름 지었다. 한자어 토(土)는 우리 동기회 기수(期數)가 아라비아 숫자 '11'를 파자(破字)한 형태가 되고, 또한 근무처가 농업, 농촌, 농협의 현장에서 '흙과 더불어 맺어진 벗'이라 하여 작명(作名)케 된 것이다.

농업에서 흙 토(土) 자(字)는 많은 의미를 부여하고 있다.

흙은 모든 생명과 씨앗의 모태(母胎)가 되고 흙 속에 파묻혀 있는 자원을 개발하여 문명의 이기(利器)를 제공해 준다. 여기서 신토불이(身土不二)라는 말을 다시 한번 음미해 보자.

내 몸과 흙이 둘이 아니듯, 농협에서 만난 너와 나의 몸과 인연(人緣), 우정(友情)이 둘이 아니고 하나라는 뜻을 우리는 잊지 말았으면 한다. 어언(於焉) 입사 후 반백 년(半百年)이 흐른 오늘, 우리 토우회가 변함없이 만나고 절친(切親)이 되는 것도 이런 까닭의 함의(含意)가 있어서 아닐까?

『서울농협소식』
KMA 금상金賞 수상

1974년 7월 15일, 이날은 월간 기관지(機關紙: Business Journalism)『서울농협소식』지 창간일이다.

서울농협은 전국 농협 중 유일하게 자체 신문을 갖게 되는 뜻깊은 날이다. 본 기관지는 월간 타블로이드 8개 면에 1만 부(部)를 인쇄, 관내 농민 조합원들의 협동 활동과 임직원 업무능률 향상, 농협 사업의 대외 홍보 및 기업 이미지 향상을 위해 발간케 됐다.

『서울농협소식』지가 햇빛을 보게 된 것은 당시 조합장이며 전 농협대학 학장을 역임하신 고(故) 권태헌(权泰憲) 선생의 각고(刻苦)의 노력이 뒷받침되었다. 농협 지도 사업의 원로이신

고 권 조합장님께서는 평소 지도 사업의 필요성과 효율성을 강조하시며, 그 일환으로『농협신문』창간에 이어『서울농협소식』지의 창간을 주도하셨다.

이때 창간과 실무를 맡은 이는 C 선배이다. 그는 진한 전라도 사투리를 쓰면서 신문기획, 현장취재, 편집과 제작, 사후관리를 전담하면서 많은 일을 하고 오래전 농협을 퇴임하신 분이다.

그분이 떠난 후 필자가 그 업무를 이어받았다. 필자는 대학교 시절 약간의 학보 제작 업무 이외는 별다른 경험이 없었지만, 지방에서 서울로 전근한 뒤 이 업무가 마음에 들어 무작정 불철주야 전문용어, 현장실습, 편집 기술 연마에 매달려 스스로 괜찮은 장인(匠人)이 되고자 노력했다.

한편 편집실의 인적 구성은 실로 초라했다. 소설가를 지망하는 남직원 1명과 신문 작업과는 거리가 먼 여직원 3명 그리고 필자가 전부였다. 당장 먹고살 땟거리를 장만해야 할 형편이었다. 선배가 떠난 이후 필자 스스로 제작기획을 맡아 매월 편집안을 '편집위원회'에 부의, 추인을 받으며 현장취재, 사진 촬영, 편집 제작 등 1인 3역을 수행하면서 콧대 센 직원들을 다독이며 입에 풀칠할 정도로 기아선상에서 허덕일 정도였지만, 하루가 다르게 그들도 핵심 기자가 되어가고 있었다.

본지의 편집 방향은 서울농협의 사업홍보 및 계도, 날로 성장하는 관내 12개 농협의 사업 및 발전상 홍보, 주요 농산물 가격 동향, 농가 생활 법률 상식, 농협 부기 등 임직원 실무사례, 여가선용 및 취미생활 등을 알뜰히 기획해 월 1회씩 옥동자를 분만케 된 거다.

이 와중에 1979년 10월, 한국능률협회(KMA)가 주관하는 '하우스 오간 컨테스트'에 본지를 출품한 결과, 심사위원장 서울대학교 신문학과 김규환 교수의 극찬을 받으며, 당시 국내 발행 1,300여 종의 사내보(社內報) 중에 영예의 금상(金賞)을 차지하게 된 것은 그동안 북(鼓) 치고 장구(杖鼓) 친 끝에 얻어진 고진감래(苦盡甘來)의 보람이라 생각하여 아직도 기억에 생생하다.

❖『서울농협소식』창간호

❖『농협신문』에서『농민신문』으로 제호 변경

『농협신문』에서『농민신문』으로

『농민신문』은 올해 창립 60주년을 맞는다.

1964년 8월 15일 종합농협 발족과 더불어 창간된『농협신문』은 1976년 6월 28일『농민신문』으로 확대 개편되어, 성장과 도약의 단계를 거쳐 이제는 발행 부수 1백만 부를 자랑하는 명실공히 농민 권익 대변지로 발돋움했다.

『농민신문』은 창간 이후 한국의 농업, 농촌, 농협의 궤적과 함께해 왔다. 특히 식량부족과 시장 개방, 개방농정 등 우리나라 농업 농촌의 중요한 시기와 위기를 맞을 때마다 올바른 여론을 주도하며 농업 전문지로 새로운 지평을 열었다.

필자는『서울농협소식』지가 1980년 1월 제67호를 끝으로 자진 폐간된 이후『농민신문』편집 역으로 자리를 옮겼다. 다시『농민신문』의 지면(紙面)을 맡아 농민의 소리를 대변하고 농민의 실익을 증진하는 데 온 열정을 다 쏟았다. 필자가 편집한 신문이 당시 농가 2가구당 1부로 확대 보급되었다. 농정 시책과 농협 운동이, 농민의 영농 기술 도입과 농가 생활 개선, 농촌문화 향상에 기틀을 다진다면 더 이상의 바람이 없었다.

더구나 완벽한 신문 제작을 위해 겨울철 새벽녘에도 불구하고 당시 신문 인쇄를 담당한 한국일보사에 출근해서 차가운 손을 불어가며 오탈자(誤脫字) 확인과 인쇄 상태를 점검하던 기억이 아직도 눈에 선하다.

농협 CI 개발과 C/S 운동

돌이켜 보면 한 직장에서 본 업무 외 특수업무를 맡는 것이 쉬운 일이 아니다. 필자는 농협에 들어와 초급 책임자 시절에는 앞서 언급한 신문 편집과 농협 CI 개발 · C/S(고객 만족) 운동 그리고 비서역을 원만히 수행했다. 이것은 남보다 오지랖이 넓기보다는 새로운 일에 대한 호기심, 일과 부딪히면 임전무퇴(臨戰無退)와 승부근성(勝負根性)이 발동되어 기어코 뭔가 손에 잡히는 결과물을 보아야 한다는 끈질긴 성격 탓일 게다.

CIP(Corporate Image Identity Program) 업무가 그렇다. CIP란 기업이나 공공기관, 단체가 가지고 있는 기업 이미지를 시각적으로 체계화, 통일화하는 일련의 작업을 말한다.

CIP의 유래는 1930년대 미국 코카콜라, IBM 등에서 도입하기 시작하여 우리나라에도 대기업과 은행 등에서 경쟁적으로 도입되어 1980년대 들어서는 CI 재작업이 이루어지기도 했다. 우리 농협도 1차 CIP(홍익대 한도룡 교수 주도)가 개발되었으나 당시 기초 여론 조사 결과 농협의 '심볼 마크' 인지도가 너무 높은 관계로 새로운 제정보다는 그대로 존치하자는 결론에 따라 관련 업계에서는 미개발로 간주하여 왔다. 이후 필자가 본부 과장으로 재직 시 농협 점포 환경 개선의 필요성이 대두되어 이를 체계화, 단일화 개발 때에도 심볼 마크는 그대로 존치되어 현재에 이르고 있으며, 그 결과는 앞장에서 다룬 '농협 점포 환경 달라져야 한다'는 결과물이 나왔다. (제5장 '4. 농협 점포 환경 달라져야 한다' 참고)

고객 만족 C/S 운동도 마찬가지다.

고객 만족은 금융 기관뿐만 아니라 국가(미국 대통령 Clinton: 정부는 기업, 고객은 국민이므로 국가도 고객 만족 경영을 해야 한다), 지방자치단체, 군경(軍警), 하물며 구멍가게도 생존을 위한 경영 철학의 한 분야로 이목(耳目)이 집중되고 있었다. 이를 위해 우리 농협은 'BEST Service 운동'을 전개키로 했다. 그 내용은 이니셜(Initial) BEST로 집약된다.

고객은 만족하는 순간 불만을 생각하고 불평하는 고객이 있기 때문에 서비스가 필요하다. 고객은 항상 옳다는 전제 아래 누워서 크는 콩나물이 되지 않기 위해서는 이 운동의 전개가 절대 필요하다는 것이다.

(상세한 추진 내용은 제5장, '고객 만족에의 길' 참고)

3농農의 현장과 농협農協 지부장

농협 입사 20년 만에 지역단위 시군지부장(市郡支部長)이 됐다. 지역단위란 행정구역의 시군 단위를 말하며 시군지부장은 직할 시군 지부·지점 및 읍면(邑面) 단위 회원 농·축협을 총괄하는 대표적 얼굴이다.

필자가 말한 20년은 공채 입사 후 직원, 대리, 과장, 차장, 부장(1급, 별급)의 직급을 거친 경우로서 소정의 절차에 따라 인사, 사업(각종 사업 및 손익 목표), 경영관리 등 조직 전반의 책임자로서 관내 회원 농·축협의 지도육성과 대외적 농정 활동의 견인차(牽引車) 역할을 맡은 기간을 말한다.

원래 농협은 종합농협의 특성에 따라 그 사업이 다양하다.

예컨대 신용사업(여·수신 등 은행 업무), 공제사업(생명, 화재보험 업무), 경제사업(비료, 농약, 농자재 구매 및 생산 농산물의 판매 사업) 추진과 한 해의 경영 성과로서 사업 및 손익 목표의 달성 여부가 중요한 부분을 차지하고 있다. 이외에도 관내 회원농협의 건전한 육성과 관리 감독 등 지도 업무와 농정업무의 원활한 수행을 빼놓을 수 없다.

그래서 농협 시군지부장의 하루는 동분서주(東奔西走)의 수식어가 항상 뒤따른다. 평소 남보다 일찍 출근하여 과장급 이상 책임자 회의를 통해, 그날 해야 할 추진 사항 등을 점검, 독려하는 한편, 이후 내방 고객과의 간담, 타 기관과의 업무 협조, 회원 농축협을 포함한 3農(농업, 농촌, 농협)의 현장을 두루 살펴야 하는 등 하루가 편안한 날이 없을 지경이다.

푸른 산, 바다…, 울진군蔚珍郡 풍광들

필자의 경우는 1992년 경북 울진군(蔚珍郡) 지부장으로 첫 명(命)을 받아 부임했다. 울진군은 심산계곡과 동해가 얼굴을 맞대고 있는 곳으로 1962년 강원도에서 경상북도로 이관된 오지(奧地) 소도시이다.

천연의 농산물과 해산물이 풍부한 울진군은 푸른 동해를 끼고 있어 그 경계는 편도 84km나 달려야 하는 길쭉한 지형(地形)으로 군(郡) 관내는 2개 읍(邑)과 8개 면(面)으로 구성, 그중 농협은 10개의 조직이 운영되고 있다. 주요 농산물은 서면(面) 지역의 험준한 산맥에서 생산되는 송이버섯이 국내 생산량의 40%를 차지하고 있고 이 중 상당량을 일본에 수출하고 있으며, 해산물은 수심(水深) 깊은 동해에서 건져 올린 울진 대게는 속살이 알차고 맛이 좋아 미식가들의 인기를 독차지하고 있다.

주요 관광자원으로는 백암온천(평해 온정면), 성류굴(천연기념물 제155호), 덕구온천(용출천, 지상으로 온천수가 치솟음), 불영계곡과 불영사가 유명하다. 울진군에 처음 부임할 때는 낯설기만 했지만, 근무 기간 2년이 흐른 뒤에는 실로 많은 정(情)을 내게 심어줬다. 이곳 사람들은 험준한 산세(山勢)와 푸른 바다의 거친 파도를 싸워 이긴 사람답게 말씨나 행동이 겉으로는 투박스럽기는 해도 깊은 심연(深淵)에서 우러나오는 마음씨는 착하고 참 진솔했다.

필자는 이곳에서 직감(直感)으로 농정 활동의 필요성을 느꼈다. 군민들의 농협에 대한 잘못된 인식을 바로잡아 주고 군(郡)과 농협 사업을 접목해 재정(財政)의 지원을 끌어내며 관련 기관과 돈독한 협조를 얻기 위해서는 적극적인 농정 활동이 그 해결의 열쇠가 될 수 있음을 확신했다.

한편, 지역의 터줏대감이며 경제통(經濟統)인 조합장을 독려, 면(面)과 군(郡)을 연결하여 지역발전과 농협 사업 추진의 쌍두마차(雙頭馬車) 역할에 소홀함이 없도록 당부했다. 그 일환으로 5大 기관장(군수, 교육감, 경찰서장 농협 지부장, 상공회의소장) 간담회 때는 빠짐없이 참석하고, 새벽녘 건강을 위한 테니스 운동 때는 군수와 함께 목욕, 조찬 등을 함께 함으로써 자연스러운 농정 활동과 대화의 광장을 마련하여 소기의 성과를 끌어내기도 했다.

그런데 과유불급(過猶不及)이라 했던가? 얼마 뒤, 군청 직원 한 분이 내게 찾아와 인사 청탁을 했다. 나는 그분의 이야기를 다 듣고 난 후, 내 능력 밖의 일임을 정중히 말씀드리고 기분 나쁘지 않게 되돌려 보냈던 기억이 있다. 잠시 뒤 돌아서 가는 그의 처진 어깨를 본 순간, 필자는 '아~!' 하고 나도 모르게 무릎을 치며 회심의 미소를 지을 수밖에 없었다.

"그래, 바로 그 효과 때문일 거야……."

명품 농산물의 고장, 영천시永川市 미래

1994년 영천(永川)시 지부장으로 전근이 되었다. 2년여간, 초임지 울진군 지부장의 경험이 영천시 지부장을 맡아 일하는 데 큰 힘이 됐다. 그것은 2년간 몸으로 닦은 실전 경험이 큰 보탬이 되어 한 차원(次元) 높은 시지부장의 직무를 수행할 수 있었기 때문이다.

영천은 교통의 요지이며 군사 도시다.

고속도로, 국도, 철로가 동서남북으로 이어져 있는가 하면 육군 제3사관학교는 정예 초급장교 양성을 목표로 설립되어 우리나라 육군의 간성(干城)인 육사(陸士)와 더불어 2大 산맥을 이루고 있다. 특히 제3사관학교는 6·25 전쟁 당시 피비린내 나는 '영천 전투'를 승리로 이끌어 내 낙동강 방어선을 사수하는데 동인(動因)이 된 혁혁한 전공을 자랑하고 있다.

영천의 지형은 북쪽에는 태백산맥 줄기가 뻗어 있는 보현산(1,124m), 서쪽은 팔공산(1,192m), 동쪽 운주산(806m), 남쪽에는 사룡산(685m)이 성곽처럼 둘러싸여 있다.

이곳 주요 특산물로는 '영천 포도'가 유명하다. 생산량은 여전히 전국 1위를 차지하고 있으며 탱글탱글한 빛 좋은 모양새와 높은 당도로 국내시장은 물론 현재 미국 시장에도 수출 호황을 누리고 있으며, 신녕면 양파와 마늘도 윤기가 좋고 맛이 뛰어나 주변 시장과 서울 등 대도시에 인기 품목으로 정평이 나 있다. 특히 영천농협 성영근 조합장은 현 최기문 영천 시장과 더불어 서울 가락동 농산물 도매시장을 방문, 농산물 생산과 유통의 상생(相生)을 위한 협력 방안을 논의하고 '영천

과일 축제'와 '지역 농산물 팔아주기 운동'을 펼쳐 주위의 이목을 받고 있다.

더욱이 이번 판촉 행사에는 주력 품목인 포도에서 미숙과 저품위 저당도 상품은 스스로 출하를 금지하여, '샤인 머스캣'의 품질 및 브랜드 가치 향상을 위한 결의를 다지면서 생산·소비자 간의 상생과 이해를 넓혀 주변의 눈길을 끈 바 있다.

한편 회원농협 중 앞서가는 영천농협은, 2003년 7월 창립 50주년을 맞으면서 금융자산 1조(兆) 원 시대를 열었다. 관내 조합원 4천여 명과 7개 사업장에 신용사업, 경제사업(하나로 마트, 클린 주유소, 농산물 산지유통 센터, 경북 농특산물 판매장 등)을 개설, 운영함으로써 농가소득 증대와 앞서가는 조합의 발전상을 보여주고 있다.

이외에도 영천에는 100년 전통을 자랑하는 '대구·경북 능금 조합'이 경북 사과의 판매중심지로 우뚝 서고 있으며 '영천축산농협 한우프라자'는 HACCP(한국식품 관리인증 기준) 업체로 인증받아 입고에서부터 판매 가공까지 엄격한 품질관리로 소비자가 안심하고 이용할 수 있도록 만반의 태세를 갖추고 있다.

영천시는 지금 인구 10만 안팎의 도시로 새로운 웅비(雄飛)

의 내일을 기약하고 있다. 관광자원도 풍부해서 명산(名山)으로 알려진 팔공산과 운주산, 은혜사 내 거조암 영산전(국보 제14호), 보현산 천문대와 보현댐을 가로지르는 출렁다리, 시루봉 트레킹 코스, 고려시대 3은(隱)의 한 사람인 정몽주(鄭夢周) 선생을 추모하는 임고서원이 있다.

돌이켜 보면. 영천시 지부는 필자가 농협에 입사하여 첫발을 내딛은 곳이다. 20여 년 전 천둥벌거숭이로 근무한 때가 엊그제 같은데 다시 지역단위 사무소장으로 부임하여 일하는 감회가 참 남달랐다. '산천(山川)은 의구(依舊)한데 인걸(人傑)은 간 곳 없다.'라는 옛 시구 그대로 농협의 심볼 마크, 건물 환경, 경영 이념, 추진 업무는 예나 지금이나 마찬가지인데, 사람만 흐르는 유수(流水)처럼 가고 아니 오니 이 또한 인간세사(人間世事) 무상(無常)한 자연의 섭리(攝理)가 아니고 무엇이란 말인가?

출향出鄉 30년年 만의 귀향歸鄉

포항시浦項市, 환環 태평양시대를 열다

출향(出鄉) 30여 년 만에 고향(浦項)으로 돌아왔다.

지난 시절, 고교와 대학교 진학을 위해 대구, 서울에서 유학 (留學) 생활 8년, 이후 20여 년간 군(軍) 복무와 직장(농협) 생활로 타지(他地)에서 청·장년기를 보내다 성숙한 장년(壯年)이 되어 때를 맞춰 고향에서 시(市)지부장으로 일할 기회를 얻게 되었다. 참으로 엄마의 품속 같은 고향 땅에서 향토(鄉土)의 농업 농촌 농협의 발전을 위해 일할 수 있게 된 것이 여간 다행스러운 일이 아닐 수 없었다.

내 고향 포항은 한반도(韓半島)의 동남쪽에 위치하면서 환태

평양(環太平洋)을 향해 관문(關門) 역할을 하고 있다. 일찍이 포항은 항구 도시, 공업 도시, 군사 도시로서 지정학적(地政學的)인 의미가 클 뿐만 아니라 미래와 바다를 향해 뻗어가는 해양국가(海洋國家) 건설을 위한 전초기지(前哨基地)로서 그 중요성이 인정되고 있다.

1950년대 어릴 적 포항은 어항(漁港)으로만 알려진 작은 도시였다. 인구는 당시 시(市) 단위 기준인 5만 명을 조금 상회했고 별다른 산업, 교육시설이 없는 변두리 도시에 불과했다. 이후 포항과 경주를 잇는 형산강(兄山江)이 영일만(迎日灣)에 유입되면서 행정구역 개편에 따라 포항은 도농(都農) 복합도시로 개편되어 지금은 인구 50만을 자랑하는 대도시가 되었고, 행정구역은 2구(남구, 북구로 전국 유일), 4읍(邑, 홍해 영일 청하 구룡포), 10개 면(面), 15개 동(洞)으로 확대 개편되었다.

1968년 포항제철(浦項製鐵)이 들어서면서 포항은 도시의 위상(位相)이 크게 달라졌다. 구국의 지도자 박정희(朴正熙) 대통령과 건설을 주도한 박태준(朴泰俊) 사장의 선견지명(先見之明)에 힘입어, 동해안 영일만 펄에 '산업의 쌀'인 철강(鐵鋼) 산업의 기반을 구축하는 '포항 종합제철소'가 준공된 것이다. 당시 한일 간 역사적 문제로 온 나라가 학생 시위로 시끄러울 때, 박대통령은 구국의 결단으로 한일 청구권(請求權) 문제를 매듭짓고 그 보상금으로 이곳 포항제철과 경부고속도로 건설에 투자하는 국가 백년대계(百年大計)에 길이 빛낼 업적을 남기셨다.

이후 포항제철의 조강생산 능력이 날로 발전하여 철강 생산과 연계된 각종 관련 산업이 눈을 뜨게 되어 용광로의 불꽃처럼 퍼져 나가게 됐다. 예컨대 건축 부속 자재(철강 빔), 교통수단(자동차, 조선, 철도, 비행기) 생산, 전자제품(TV, 냉장고 등 각종 전자제품), 방위산업(총기, 포砲, 전차 등)과 우주산업(로켓 제작)까지 뻗어 나가 국가 경제의 부흥과 오늘날 세계 속의 한국을 이룩하는 데 밀알이 되고 초석(礎石)이 되었다.

이뿐만 아니다. 경부(京釜)고속도로는 많은 정치인의 추태와 줄기찬 반대에도 무릅쓰고 기어이 완공을 봐, 오늘날 각종 물류(物流)의 원만한 수송과 전국을 1일 생활권(生活圈)화하는 동맥선(動脈腺)이 되게 기초를 닦았다.

한편 군사 측면에서 볼 때 포항은 우리나라 해병(海兵) 제1사단이 주둔하는 한국 해병대의 요람지(搖籃地)다. 해병대는 최일선에서 굳건히 해양을 지키는 국토방위는 물론, 평시에도 국가의 중요 시설(포스코, 원자력 발전소 등)을 보호하기 위해 특정 경비 업무에도 그 역량을 다하고 있다.

교육기관으로는 포항공과대학교, 한동대학교, 포항대학교, 선린대학교가 인재 양성과 지역발전에 이바지하고 있다.

포항의 주요 산업을 살펴보면 '포스코'의 철강 생산에 따른 기초 금속공업 부문과 동해안 북부지역과 연계된 상업 거점 도시로 발달하고 있으며, 군부대 식자재 공급원 기능을 갖는 죽도시장 등 전통시장의 활성화로 경상북도 내 최대 시장 상권을 자랑하고 있다.

특히 농업 부문은 주곡 생산 이외 과일류(포도, 감), 채소류(오천부추, 양송이)가 우수한 상품성을 자랑하고 있으며 축산물류는 양봉 및 양계, 수산물류는 청어, 고등어, 대구, 전복, 미역, 우뭇가사리 등이 시장을 주도하고 있다. 특히 관내 죽도시장은 각종 풍성한 농수산물류, 섬유류, 먹거리(횟집) 등의 값싸고 질 좋은 상품으로 인해 서울·대구 등 원근간(遠近間) 관광객들이 전세버스를 이용하여 찾아 들어 활황을 이루고 있다.

포항의 특산물로는 과메기가 단연 으뜸이다. 과메기는 청어, 꽁치를 겨우내 바닷바람에 반 건조한 해산물로서 이미 소포장 단위로 상품화하여 전국 백화점, 마트 등에서 인기리에 판매되고 있다. 초고추장에 찍어 먹거나 쌈과 함께 먹으면 '둘이 먹다 하나가 없어져도 모를 지경이 될' 만큼 상품의 선호도가 높다.

'바람과 사랑한 과메기', '바람이 고이 빚어낸 생선회…… 포항 구룡포 과메기'는 이미 그 풍미와 신선함으로 인해 전국의 식도락가에게 사랑을 받는 명물(名物)로 자리 잡아가고 있다.

포항시, 승격 70년年 '12경景' 선정

　포항시는 시(市) 승격 70주년을 맞이하여 '포항시 12경(景)'을 선정 발표했다. 가 볼 만한 곳은 다음과 같다.

❖ 제1경 호미곶 일출: 호미곶 등대, 해맞이 광장, 상생의 손, 새천년기념관

❖ 제2경 내연산 12폭포: 상생폭포-보현-삼보-잠룡-무봉-관음-연산-학소대-은폭, 제1, 2, 3 복호폭포, 상생~연산까지는 왕복 6km 2시간 소요, 이외에도 청하 보경사, 향로봉 등

❖ 제3경 운제산 오어사 4계(季): 운제산 등산로 4km, 오어지 둘레길, 출렁다리, 기암절벽, 오어사 등

❖ 제4경 호미 반도 해안둘레길: 동해 → 구룡포 → 호미곶 → 장기면 해안선 58km 트래킹 로드, 하선대, 소봉대

❖ 제5경 영일대 및 포스코 야경: 영일대 해상누각, 포스코 야경, 영일대해수욕장 따라 80여 개 맛집은 포항의 대표 관광지.

❖ 제6경 포항 운하(運河): 동빈내항 → 송도 → 죽도 → 해도 → 대도 5개 섬을 연결 운항하는 관광 레저 운하 개통

❖ 제7경 경상북도 수목원 4계: 내연산에 위치한 자연학습장. 나무 약 1,500여 종, 화초, 연못 등 동양 최대 규모

❖ 제8경 연오랑·세오녀 테마공원: 포항의 신화 연오랑·세오

녀 테마공원, 일월대, 거북바위 등 힐링 코스

❖ 제9경 죽장 하옥계곡: 죽장면 산골 경관, 청정한 하옥마을
의 울창한 숲과 맑은 계곡, 바람과 햇살이 가득한 비경

❖ 제10경 철길 숲과 불(火)의 공원: 옛 철길 따라 걷는 산책로
주변의 옛 가옥, 숲과 꽃 전통과 문화가 숨 쉬는 곳

❖ 제11경 장기읍성과 다산(茶山) 유배촌: 우암 송시열과 정약
용선생이 유배된 장기읍성과 유배촌 재현, 죽림서원 등

❖ 제12경 구룡포 일본인 거리: 일제강점기 일본인들이 모여
살던 주택 및 거리, 시설이 복구된 현장(돌계단·비석), 근대
문화역사관 등

이외에도 명사십리(明沙十里) 해수욕장(송도, 월포, 칠포, 영일대,
구룡포 등)은 동해안을 따라 도처에 산재해 있으며 여름 한 철
수영객과 서핑객의 명소로도 유명하다.

한편 고향에서 2년간의 농협 근무는 보람찬 나날들이었다.
재임 중 중앙회와 관내 12개 회원농협의 사업은 순조로운 성
과를 나타냈으며 농협의 대외 위상(位相)과 신인도(信認度)는
날로 높아져 갔다. 안으로는 상사(上司)의 입장에서 보다 선배
로서 동료의식을 발현했으며 밖으로는 기관의 이미지 쇄신에
노력한 결과가 먼저 고객들로부터 표출되었다.

예(例)를 들어 농협에서는 매년 건전 경영과 결산을 위해 연

말에는 전 직원이 총동원되어 미수이자(未收利子) 회수에 나선다. 그간 영농자금 등 각종 자금을 이용한 농민 조합원들께서 제때 상환 시기를 놓치거나 미처 이자를 납입하지 못한 경우 직원들이 현장에 출장 나가 회수하는 업무를 말한다. 삭풍이 몰아치는 겨울철, 들녘을 헤매면서 농가를 찾고 회수하는 업무가 쉬운 일이 아니다. 필자도 이런 업무를 직원 시절 이미 해 본 터라 그들의 심정을 헤아리고 있었다. 일요일 전 직원들이 출장을 나간 뒤 홀로 사무실을 지키고 있던 필자는 일을 마치고 돌아온 그들에게 얼른 사무실 난로를 쬐게 하고 따뜻한 마음으로 얼은 손을 비벼주며 저녁을 함께하던 일들이 주마등(走馬燈)처럼 뇌리를 스치고 있다.

❖ 포항시지부장 시절 이모저모

1998. 10. 8 농협 포항시지부는 수재의연금 840만 원을 조성, 이 중 336만 원 상당 쌀 80포(20kg)를 포항시에 전달하고 나머지는 관내 수해 농민을 위해 12개 농협에 배정해 주었다.

1998. 5. 21 농협 포항시지부는 지역 환경 개선을 위해 농협 늘푸른 환경기금 1천 863만 원을 포항시에 기탁

1998. 9. 26 농협 포항시지부는 음식업 포항시 남구지부와 농산물 직거래 자매결연
식을 맺고 유통마진 경감을 통한 협력사업을 체결했다.

지부장으로서 농정 활동도 대과(大過) 없이 수행했다. 다행히 당시 정장식 전 포항시장은 서울대 경영학과를 졸업, 청와대(靑瓦臺)에서 근무한 엘리트로서 같은 동네에서 선후배로 자란 인연이 있었다. 관내 기관장 모임인 수요회에서도 그런 관계로 정(鄭) 시장께서 주관하는 간담회에는 서슴없이 참석하고, 한편으로는 시정(市政)에 농협 사업이 접목될 방안을 함께 모색하며 각 기관 간 업무협조와 관계 개선에도 앞장서 나갔다.

이밖에 1998년 10월, 태풍 '예니' 호 때에는 농협(중앙회 및 12개 단위 농협) 직원들의 수재의연금 840만 원을 모금, 이 중 336만 원 상당 쌀 80포(20kg들이)를 정 시장께 전달하고 나머지 금액 504만 원은 관내 수해 지역 농민 조합원들에게 지원키 위해 12개 단위 농협에 이관해 주었으며 가용인력을 최대한 동원 농가 일손 돕기에 나섰다.

이보다 앞서 1998. 5. 20. 포항시지부는 급속한 산업화에 따른 환경보호와 지역사회 환경 개선을 위해 농협에서 모금한 '늘 푸른 환경기금' 1,863만 원을 포항시에 기탁했다. 이 기금은 농협에서 취급하고 있는 '늘 푸른 통장' 고객 지급이자 1%와 농협이 이 금액의 2배에 해당하는 금액을 자체 조성하여 출연하게 된 것이다.

또한 1998.9.26. 농협은 한국 음식업 중앙회 남구지부(지부장, 손필규)와 '농산물 직거래 추진을 위한 자매결연식'을 갖고 농산물 직거래 및 유통 비용 경감으로 농가소득 증대 및 소비자에게 음식값을 저렴하게 제공하기로 체결했다.

고향에서 2년간 농협 근무는 필자에게 뜻있고 유익한 기회가 되었다. 짧은 기간이었지만 지금은 돌아가신 노모(老母)를 곁에서 모실 수 있게 되었으며, 모처럼 친지·친구들과 함께 할 수 있었던 것에 대해 진심으로 감사드리고 싶다.

더욱이 필자를 믿고 따라 준 당시 우리 농협 직원(선후배님)들과 IMF 시절, 어려움을 잘 참고 견뎌준 농민 조합원들에게도 이 기회를 통해 깊은 감사의 말씀을 드린다.

매듭 말로 평소 필자가 좋아했던 당(唐)나라 시인 도연명(陶淵明)의 한시(漢詩) 한 구(句)를 여기에 옮겨본다.

及時當勉勵   급시당면려
歲月不待人   세월부대인

때를 만나면 힘써 일해라
세월은 사람을 기다리지 않는다.

〈2003. 10. 1.〉

에필로그

이후 필자는 다시 고향을 떠나게 됐다. '농협'이라는 직장이 다양한 사업을 하는 것처럼 농업·농촌이 있는 곳이라면 전국 어디서든 근무가 가능하기 때문이다.

다음의 근무처는 도(道) 단위 경북지역본부 부본부장, 그다음은 중앙본부 고객만족부장, 총무부장을 역임한 뒤 수도(首都) 서울 지역 본부장을 끝으로 영예의 정년퇴임을 했다.

이 책은 처음 시도하는 일인 만큼 이번에는 시군 지부장 시절까지만 정리해 보았으나, 혹 기회가 된다면 그다음 직(職, 부본부장, 본부 부장, 본부장)과 제2의 인생 이모저모를 한 번 더 옮겨보고 싶다.

돌이켜 보면, 사람 사는 게 별것이 아닌가 싶다. 고향에서 태어나서 자라고 학업을 연마하여 취업(就業)과 일가(一家)를 이루며 오늘날까지 '농협맨'으로 살아온 발자취가 그렇지만 결코 후회는 없다.

인생이란 잠시 왔다 가는 소풍(逍風)이라 했던가?
기왕에 온 길이라면 무엇인가 흔적(痕跡)을 남기고 싶다. 그래서 내 나이 령희수(齡喜壽)에 무딘 글로나마 이렇게 긁적거려 본 것이다.

바라건대, 나무만 보지 말고 숲을 봐 주었으면 좋겠다.
글의 잘 잘못을 나무라지 말고 있는 그대로 느낀 그대로만 봐주고, 어느 '한 인생에의 발자취'를 기억해 주었으면 더

바랄 게 없겠다.

독자제현(讀者諸賢)들의 넓은 이해와 건승을 바란다.

〈 2023. 10. 2. 〉

소산잡기 素山雜記

발행일	2024년 6월 19일		
지은이	최상태		
펴낸이	손형국		
펴낸곳	(주)북랩		
편집인	선일영	편집	김은수, 배진용, 김현아, 김부경, 김다빈
디자인	이현수, 김민하, 임진형, 안유경	제작	박기성, 구성우, 이창영, 배상진
마케팅	김회란, 박진관		

출판등록 2004. 12. 1(제2012-000051호)
주소 서울특별시 금천구 가산디지털 1로 168, 우림라이온스밸리 B동 B113~115호, C동 B101호
홈페이지 www.book.co.kr
전화번호 (02)2026-5777   팩스 (02)3159-9637

ISBN   979-11-93716-93-9 03810 (종이책)   979-11-7224-099-8 05810 (전자책)

(주)북랩 성공출판의 파트너

북랩 홈페이지와 패밀리 사이트에서 다양한 출판 솔루션을 만나 보세요!

홈페이지 book.co.kr   •   **블로그** blog.naver.com/essaybook   •   **출판문의** book@book.co.kr

작가 연락처 문의 ▶ ask.book.co.kr

작가 연락처는 개인정보이므로 북랩에서 알려드릴 수 없습니다.